4-1 B

Chara

interlude

美しい彼番外編集

凪良ゆう

キャラ文庫

この作品はフィクションです。
実在の人物・団体・事件などにはいっさい関係ありません。

Contents

素晴らしき世界 …… 005

裏・月齢14 …… 015

Cacao 99.9 …… 025

キングのお料理 …… 037

CRAZY FOR YOU …… 047

幻想の彼 …… 059

KISS ME …… 065

熱烈な告白のようなもの …… 111

安息はどこにある …… 123

日々是災難 …… 137

50/50 …… 149

彼と彼のよくある出来事 …… 161

エターナル …… 171

あるふたつの視点から探る、
愛と青春の逆走について …… 201

社長日記 …… 285

あとがき …… 296

口絵・本文イラスト／葛西リカコ

素晴らしき世界

今日は本当に嫌な一日だった。

清居《きよい》が珍しく学校を休んだのだ。昨日から少し咳《せき》をしていたので、もしや風邪をひいたのかもしれない。もし熱など出ているならつらいだろう。早く治りますようにと平良《ひら》は午前の授業中、ずっと手を組んで清居の治癒を祈っていた。神よ、清居を守りたまえ。

「ヒイくーん、メロンパン買ってきてー」

四時間目が終わって教師が教室を出ていったと同時、城田《しろた》たちから呼ばれた。

「俺、焼きそばパンとファンタグレープな」

「俺はパピコ、コーヒー味」

いつもなら清居の買い物のついでに買ってきてやるところ、こいつらのためだけに購買に行くのは死ぬほどめんどくさい。しかし行くしかない。なぜなら自分は底辺だからだ。

いつもなら清居の使いを間違わないため携帯にメモを取り、清居をお待たせしないため全速力で走っていくが、今日は適当に頭で覚え、たらたらと歩いていった。おかげで人気のメロンパンと焼きそばパンは売り切れていた。ラッキーだ。かわりにあんパンふたつとファンタオレンジとバニラアイスを買った。

「おいおいおい、全部間違ってんじゃん」

「ヒイくん、使えなさすぎだわー」

買い直してこいと言われる前に、「先生からプリントを取りにこいって言われてるから」と教室から逃げた。あいつらは小心者なので先生の名前を出されるとビビる。

なんの歓《よろこ》びもなく、屈辱にまみれただけの学校から帰宅すると、家には誰もいなかった。今日は両親の結婚記念日で、ふたりはレストランで外食の予定だった。平良も誘われたが当然断った。高校生にもなって親の結婚記念日に邪魔するのはさすがに気が引ける。

キッチンには母親お得意のエビコロ、ハンバーグ、チキンライス、ブロッコリとトマトのサラダなどが色よく配置されたお子様ランチのような夕飯が用意されていた。ひとりでも寂しくないようにという気遣いが伝わってくる。もう高校生なんだけどなと苦笑いをしたあと、もう高校生なのに親に心配をかけている自分にうんざりした。一人息子が吃音《きつおん》を持って生まれたことを、母親は自分の責任のように感じていて、そのせいで過保護だ。

お子様ランチを自室に持って上がり、パソコンを立ち上げ、今まで撮りだめた清居の写真にうっとり見とれながら食べた。

食事のあとは皿を脇にどけ、オーディオのリモコンを取って再生をオンにした。セットしたままのバッハの『シュープラー・コラール集』が流れる。もともとは祖父の遺品の中にバッハのレコードが大量にあり、しかしプレイヤーがないので聴けないのを残念がっていたら父親がCDで全集を買い直してくれたのだ。母親だけでなく父親も息子に甘い。

清居の写真を眺めながら聴くバッハは至高だ。『尊き御神の統べしらすままにまつろい』、『わが魂は主をあがめ』、『いと高きところには神にのみ栄光あれ』城田たちに穢《けが》された魂が清められていくような美しい旋律。パソコンの画面をクリックして新たな清居の画像を出すたび、室内には金色の粒子が舞い踊り、煌《きら》めきながら静かに心に降り積もっていく。

——至福の臨終ってこういう感じなのかも。

自分もいつか年老いて死ぬだろう。そのときは清居の写真を胸に抱き、バッハを聴きながら召されたい。どうせ自分は誰とも結婚しないから最期はひとりだ。というか結婚してくれる女子もいないだろうし、まずもって結婚したいと思える女子もいない。

清居はどうだろう。いつかは誰かと結婚するだろうか。もちろん清居が望めば人類のすべての女性が手を上げるはずだ。しかし清居は存在がすでに人類とは別の高次元に在る。神と人間とのフュージョンは果たして成功するのだろうか。甚だ疑問だ。

とはいえ清居自身が結婚したいと思うのならば、それは清居の心のままに成されるべきだし、その相手はきっと人類史上最も美しく、賢く、優しく、気高い女性だろう。世界を明るく照らし、生きとし生けるすべてのものに恵みを与える天照大神《あまてらすおおみかみ》、もしくは海の泡より生まれてオリンポスの男神すべてを魅了したというアフロディーテのような美女か。

——ああ、願わくば、俺も天照大神やアフロディーテとして生を受けたかった。

——俺が神であれば、清居という高次元の存在をもう少し理解できただろうに。

——今からでも女神に転生できる術はないのだろうか。

考えているうちに泣きたくなってしまい、CDを『イギリス組曲』に取り替えた。端正としかいいようのない音符の羅列が乱れた心を鎮め、ふたたび金色の世界へと誘ってくれる。もう身の程知らずなことは考えず、ただ美しい清居の世界に耽溺《たんでき》するのだ。

なるべく心を平らかにすること。刺激に敏感にならないこと。

汚れた人工の川を、クルンとした睫《まつげ》で流れていったアヒル隊長のようであれ。

子供のころから集めているアヒル隊長を机の上に等間隔に並べ、ヘッドホンをして鼓膜をバッハで満たす。そしてパソコンの清居写真はスライドショーにセットした。神に祈るように手を組み、ひたすら清居の写真を見つめ、妄想の続きに戻った。

自分は誰とも結婚しないだろうし、子供もできないだろうし、両親を看取ったあとはひとりで長い人生を清居の面影を抱いて生きていくのだ。できれば清居はこのまま芸能人になってほしい。世界的なモデルや役者。そうしたら高校を卒業しても、テレビやスクリーンや雑誌で清居に会える。それを糧に自分は生き、身体《からだ》が動かなくなって誰かに迷惑をかける前に天国から迎えがきてほしい。こんなふうにバッハを聴きながら清居の写真を眺め、パトラッシュ、ぼくはもう疲れたよみたいな感じで、不幸と幸福が絶妙に混ざり合った至福の終焉《しゅうえん》へと——。

「……カズくん、カズくん！」

いきなり肩を揺さぶられて驚いた。

振り返ると、すぐ後ろに父親と母親が立っていた。

「ああ、父さん、母さん、おかえり」

「カズくん、どうしたの。電気もつけないで真っ暗な部屋で……っ」

いつの間にか夜になっていて、暗い室内でパソコン画面だけがチカチカ発光している。

「どうしてアヒル隊長をこんなに並べているの？」

心を落ち着けようと思って――。

「パソコンに映ってる男の子は誰？」

俺が敬愛する金色の王国のキングで――。

それら精神的黄金を言葉という形に堕《お》とすのが嫌で、なんでもないとパソコンを消してリモコンで灯《あか》りをつけた。平良を迎えにきたのは至福の臨終ではなく両親だった。

「カズくん、ひとりにしてごめんなさいね。ケーキ買ってきたのよ。食べる？」

「ありがとう」

「じゃあ、父さんがうまいコーヒーを淹《い》れてやろう」

「ありがとう」

必死になんでもなさを装う両親に合わせて、平良もぎこちなく笑った。

翌日、清居は学校にきた。昨日は微熱が出たが昼には平熱に戻ったので、ずっとゲームをしていたと城田たちと話しているのを耳をダンボにして聞いた。よかった。清居はいつでも健やかであるべきだ。昼に購買へと走らされるのも、清居の言いつけだからこそ歓びになる。

——ハムサンドとサイダー。

——はい。

——あ、やっぱりいちご牛乳。

——はい。

といつもより多く会話も交わせた。しかもいちご牛乳！　クールな清居には似合わない、なのに実際に音声にされると仰《の》け反りたくなるほどかわいい響きだった。

ああ、今日は昨日とは打って変わって素晴らしき一日だった。上機嫌で学校から帰ってくると母親が玄関先で近所のおばさんと立ち話をしていた。

「カズくん、おかえりなさい。おやつ台所にあるからね」

もう高校生なので、人前でおやつとか言わないでほしい。おばさんがこちらを見て、大きくなったわねえ、こないだまで三輪車乗ってたのにと笑う。

——いつのこないだですか？

と問うことはせず、頭を下げて家に入った。立ち話も世間話も自分にはできない。

台所には母親の手作りシナモンロールがあった。手づかみでぱくつき、なにげなくテーブルに出ていた母親のノートパソコンを覗《のぞ》いてぎょっとした。

『高校二年生の息子を持つ主婦です。昨日外出から帰ってくると、息子が真っ暗な部屋でヘッドホンでバッハ（多分）を聴きながら、祈るような姿勢で綺麗《きれい》な男の子の写真を凝視していました。息子の机には十センチ間隔でアヒル隊長の人形が並んでいました。

息子には吃音があります。成長してずいぶんとよくなってきましたが、親には学校でのことはわかりません。やはりそのことで息子は心に問題を抱えているのでしょうか。こちらからさりげなく訊《き》いてみたほうがよいでしょうか。皆様はどう思われますか？』

シナモンロールをもぐもぐ食べながら、平良は危機感を覚えた。まさかヤホー知恵袋に投稿するほど母親を悩ませていたとは。自分にとってあれはリフレッシュの儀式なのに、そんなに気持ち悪かったなんてショックだ。しかし母親はもっとショックだったのだろう。

部屋に戻り、いろいろと考えてから平良は自分のパソコンでヤホー知恵袋にアクセスした。先ほどの母親の質問へ飛び、他の主婦の返事を参考にしながらキーを打っていく。

『こんにちは、わたしも高校生の息子をもつ主婦です。先日、うちの息子も同じようなことをしていましたよ。最近、男子高生の間で流行《はや》っているおまじないみたいで、暗い部屋でバッハを聴きながら綺麗な男の子の写真に祈りを捧《ささ》げると成績がアップするらしいですよ。吃音はあまり気にせず、おおらかに接してあげたほうがいいのではないでしょうか。子供にとっては親が笑顔でいてくれるのがなによりです。主婦・天照大神より』

うーん、ちょっと無理があるだろうか。いや、でもこれで押し通すしかない。何度か読み直してから、ええい、と送信して椅子にもたれて天井を眺めた。

両親に心配をかけないよう、これからは写真やアヒル隊長を使った妄想は控えよう。大丈夫だ。清居の姿は網膜に焼きついているし、目を閉じれば自由に永劫《えいごう》に再生できる。ただ目を閉じてバッハをかけているだけなら普通に音楽を聴いているように見えるだろう。すべて頭の中だけで展開させてゆくのだ。緻密に、正確に、心のままに。

この日を境に、平良の妄想力はますます悪化——飛躍的な進歩を遂げることとなる。イマジネーションを育てる最も有効な方法は、人を牢獄《ろうごく》につなぐこと。縛られるほどに高く羽ばたくものが『心』である。

裏・月齢14

今から気持ち悪いことを訊いてみる。

自分でも気持ち悪いとわかっているのだ。

いいか。わかった上で、ちょっと試しに訊いてみるだけだ。

——平良《ひら》って、まあまあ恰好《かっこう》よくないか？

洗面所の鏡の前でドライヤーを使っている平良を、清居《きよい》はこっそりのぞいた。風圧であちこち跳ねる黒髪や不機嫌そうにひそめられた眉。風呂上がりで腰にバスタオルをまいただけの恰好もワイルドで、余分な脂肪のないひきしまった腰と尻に男の色気が漂う。

——うん、やっぱ結構いい線いってるような……。

髪を乾かし終えると、平良は散らばった髪を手でちょいちょいと撫《な》でつけ、ファストファッションのワゴンセールで買ったチェックのパジャマを着込んでいく。さっきまでのワイルドな恰好よさが、ぱたぱたと折りたたまれていき、

「清居？」

と振り返った平良は、もういつものクソダサな大学生に戻っていた。

「どうしたの？」

「……なんでもない」

清居はむすっと踵《きびす》を返した。風呂のあと、床にあぐらでカメラ雑誌を読んでいる平良を観察した。全体の作りはいいのに、なぜ総合でああなるのだろう。あれでは一流のパティシエが作った菓子を新聞紙で包んでいるようなものだ。別に平良が一流だと言ってるわけじゃない。しかしラッピングさえ変えれば、もう少しいい感じになるのでは？

「あの、やっぱりどうかした？」

おずおずと平良がこちらを向いた。

「別に」

ぷいと目を逸《そ》らすと、平良がおもむろに立ち上がった。ソファに座る清居を、緊張感をたたえた目で見下ろしてくる。エッチの流れかなとソワッとした。これでも一応彼氏だしな……。期待して待っていると、平良はいきなり床に正座をした。

「なにか失礼なことをしたのなら謝ります。ごめんなさい」

「……いや、だからなんもないって」

「でもさっきも見てたよね。なにか不満があるなら言ってほしい。全力で改善します」

俺の男は恰好いい、ということをただみんなに思い知らせたいだけなのだが、それは不満になるのだろうか。不満というか、ただもったいないというか……。

まっすぐ自分を見上げる目には、清居の望むことを全身全霊で受け止めようという熱があふれている。土下座スタイルなのが惜しいが、じわりと腰骨が疼《うず》いた。

「とりあえず、するか」

「え？」

組んだ足をほどいて平良の肩に置いた。平良はごくりと喉を鳴らした。

「……で、では失礼します」

声を震わせ、清居のパジャマのボタンを外してくちづけてくる。くちづけはゆっくりと下降していき、やがて快楽の源へと辿《たど》り着く。そんなところまで許すのは平良だけだ。平良だけが自分に触れていい男なのだ。快感に溺れながら平良の顔を見上げた。

ああ、やっぱり平良はなにも着ていないほうが恰好いい。しかしここは現代日本。ジャングルの王者のように腰パン一枚で出歩かせるわけにはいかない。一体どうしたものか。

言っておくが、自分は平良の見た目に惚《ほ》れたわけではない。というか、どこに惚れたのかよくわからないし、単なる気の迷いなんじゃないかと今でもちょっと疑っている。

しかし先日、平良と歩いているときにすれ違った女どもが、「すっごい格差」と小声で嗤《わら》ったのを聞いてしまったのだ。格差？　自分と平良が似合わないとでも？

いや、あんなきもうざとお似合いと言われるのは嫌だから異議はないが、自分の彼氏が道行く女どもに馬鹿にされているのは気分がよくない。きちんとすれば、平良はまあまあ恰好いいと思う。あとでわかって焦っても後の祭りだぞ、平良にはすでに俺という彼氏がいるし、それ以前に平良は俺しか見てないし、愛されてるのも俺だけだし。

「……清居、ごめん、もたない」

清居の上で平良が眉根を寄せる。平良は笑顔よりも不機嫌そうな、もしくは苦しげな表情のほうが恰好いい。終わりが近いのか、揺さぶりが激しくなってくる。

「そのままこいよ」

自分から腰を押しつけ、最奥でつながったまま出される感覚にぼうっとなった。力尽きたように覆い被《かぶ》さってくる平良を抱きしめる。このときが一番幸せだ。悔しいが。

というわけで、自分がいつも行っているサロンとショップに連れていって、髪型と服を改造してやることにした。まあ一般人なのだからそれほど劇的に変わりはしないだろうが、今よりマシになればそれでいい。その程度に考えていたのだが……。

――え？　こいつ誰？

サロンで髪をセットしてもらったあと、清居が選んでやった服に上から下まで着替えて試着室から出てきた平良を見て、清居だけでなくショップ中がざわめいた。まさかこれほど変わるとは思っていなかった。なんだこの陰のあるクソイケメンは――。

「……やだ、すっごい……かっこいい」

ゲイのショップオーナーが頬を染めて震えている。それまで着ていた服が黒歴史としてショップの袋に厳重に詰められていく間、スタッフの女が平良に名刺を渡そうとしたので、清居は素早く割り込んで邪魔してやった。こいつら油断も隙もないな。

ショップを出たあとも、道行く女がみな自分と平良をちらちら見ている。今度は「すっごい格差」ではなく、「モデルかな?」「どちゃくそイケメン」「やばいやばい、かっこいい」という褒め言葉ばかりで清居は鼻高々だった。ふっふっふっ。

——世界よ。これが俺の彼氏だ。

意気揚々と平良と一緒にモデル仲間の飲み会に繰り出したのだが……。

——だから!

——そいつ!

——俺の男だから!

彼氏がモテているところを眺めて悦に入るつもりが、予想以上のモテっぷりにあれっと首をかしげ、本気モードでアピールしてくる女どもにも丁寧に対応する平良にまでいらいらさせられる。そんな中、平良がトイレに立ったので清居も追いかけた。

もう帰るぞと言うつもりだったのに、廊下の角を曲がった途端、モデル女と密着している平良が目に飛び込んできた。壁を背にむぎゅむぎゅと胸を押しつけられている。

「ねえ平良くん、ここ退屈だし、ちょっと抜けよう?」

――ふーざーけーんーなー、誰の男に手え出してんだ！

平良、早く断れ。しかし平良は硬直して虚空を見つめている。馬鹿野郎、なにフリーズしてんだ。早く再起動しろ。その女は肉食で有名なんだ。下手したらトイレに連れ込まれて食われるぞ。しかし平良は動けず、清居はついにぶち切れて廊下の壁を渾身《こんしん》の力で蹴った。

「そこいられると、トイレ行けねーんだけど」

女が振り返り、やだー空気読んでよと顔をしかめる。

アホか。おまえのほうこそ空気を読め！　と怒鳴りつけるところだった。ふっと笑ってクールに立ち去ろうとすると、泣きそうな顔で平良が駆け寄ってきた。

「き、清居、ありがとう」

怒りが湧いた。なにがのんきにありがとうだ。自分がこなければ、平良はあの女のなすがままどこかに連れ去られていたかもしれない。ひとりぽつんと店に置き去られた自分を想像して鼻の奥がツンと痛んだ。くそ、どうして俺がこんなきもうざのために……。

「帰る」

さっさと廊下を引き返した。待ってと平良が言っているのが聞こえたが誰が待つか。おまえなんかモデルでも女優でも好きに口説かれてお持ち帰りされてしまえ。でも俺はもう服も髪もアドバイスしてやらないからな。見た目がちょっとよくなっただけで目の色を変える浅はかな女どもめ。普段の平良のクソダサさを見て腰を抜かしやがれ。頭の上で湯が沸かせなそうなほど怒って大股で歩いていると、入間《いるま》からメールがきた。

『清居くん、元気？　昨日きみの夢を見たよ。今からご飯でもどう？』

似たようなメールをそこらへんに送っているのだろう。遊び上手な男だ。しかし弱った心にじんわりと沁《し》み込んだ。そもそも入間のほうが平良よりずっと自分にはお似合いだし。

――平良なんかきもいし、うざいし。全然恰好よくないし。

――俺は平良なんか全然好きじゃないし。

――平良なんか……。

人が行き交う交差点で立ち尽くしていると前からくる人にぶつかられ、舌打ちしてまた歩き出した。ちょっと今モテているとしても、あれは仮の姿でしかない。普段のチェックシャツに戻ったら、見た目に惹《ひ》かれた女どもは平良をすぐ見捨てるだろう。

――そうなったらかわいそうだし……。

――自分が恰好よくしたのだから、このまま見捨てるのは無責任だし……。

――あんなに怒った俺も心がせまかったかも……。

振り子のように心を揺らしていると、今度は平良からメールがきた。

『さっきは助けてくれてありがとう。俺も店を出ました。今どこでしょう。』

店のすぐ近くだよ。すぐ迎えにこいよ。でもすぐに返事するのも癪《しゃく》に障る。

――ああああ、くそ、くそ、くそくそくそくそくそ。

とりあえず入間からのメールは無視して帰宅した。いいのだ。どうせ入間は自分以外にもたくさんデートしたいやつがいる。だからせめて自分は平良の元に帰ってやろう。不本意だがしかたない。別に自分が平良の元に帰りたいわけじゃないからな。

まっすぐ家に帰ってソファでごろごろしていると、ようやく玄関の開く音がした。まったくなににつけても鈍くさいやつだ。どうせ慣れない夜の街をさがしまくってたんだろう。

「清居！」

平良がリビングに転がり込んできた。

「き、き、ききき、きよっ、さ、さ、さ、さっきはごめんね」

「なにが？」

清居はちらっと冷たく流し見た。みっともないのでやきもちを焼いたなどとは口が裂けても言うまい。あくまでクールに対応するのだ。余裕の態度でもって平良に反省をうながし、今後は他の女になど見向きもしないよう躾《しつ》けねば。見てろよ、平良め。

さて、この夜の顚末《てんまつ》は？

interlude

Cacao 99.9

腕時計の電池が切れたので交換にいく途中、チョコレート店が若い女でごった返している風景に出くわした。二月の第一週、きたる十四日のバレンタイン戦線は今が最高に盛り上がっている。馬鹿らしいと清居《きよい》は溜息《ためいき》をついた。

さかのぼれば幼稚園のころから、清居にとってバレンタインは憂鬱な日でしかない。登校すれば下駄箱、教室に入れば机の中にチョコレートが突っ込まれている。装飾過多なカードや便せんに、好きです、つき合ってください、とちまちました小さい字で書かれている。

チョコレートも既製品ならマシだが、手作りのものが困る。知らない人間が作ったものなんか怖くて口に入れられない。小学生のころ、学校中の女子の間でおまじないが流行ったことがある。満月の夜に窓辺で好きな男の名前を百回唱えると想《おも》いが届くとか、好きな男の鞄《かばん》に自分のイニシャルを書いたハート形の切り抜きをこっそり忍ばせて一週間ばれなかったら両想いになれるとか、どう聞いても呪いとしか思えなかった。

時計の電池を交換してもらっている間、店内で新製品を眺めていると、三十代くらいの女が入ってきた。メンズのセレクトショップだが、恋人へのプレゼントを選びにきたのだろう。真剣な目でスマホの画面とショーケースを見比べている。

「すみません、この時計ってこれですか?」

女は店員に自分のスマートフォンの画面を見せた。商品の画像を撮ってあるのだろう。しかし写りが悪いのか、店員は難しい顔で画面に顔を寄せる。

「アメリカのドラマで俳優さんがしていたものらしいんです」

「タイトルわかりますか？」

「そこまではちょっと。ＦＢＩ捜査官が主役みたいです」

――腐るほどあるだろ。

店員もそう思ったのだろう、うーんと考え込んでいる。彼氏なら電話をすればタイトルくらいすぐに教えてくれるだろうに、そうできないということは片想いか。しかしつきあってもいない男に、いきなりバレンタインで高額の時計をプレゼントというのはやばさ全開な女だ。自分なら絶対に受け取らない。高額商品は手作りと同じくらい危険だ。

しかし受け取らないは受け取らないで、さらに厄介なことに発展する可能性もある。呼び出されて校舎の裏で告白と一緒にプレゼントを渡される→断る→泣かれる→物陰にかくれて見守っていた女子たちが出てくる→なぜか極悪人みたいな目で見られる。

――勝手に寄せられた好意を受け取れないと悪人扱いって、おかしいだろ。

どれだけ優しく断っても傷つかれるのがめんどくさく、中学に上がったころから断りの言葉はできるかぎり短く、笑顔を見せずに素早く立ち去ることを肝に銘じた。冷たいやつだと思われたほうが期待をされないので助かる。そもそも相手も本気ではない。

高校の一時期、くだらないいじめに遭った。そのとき女子は潮が引くように清居から離れていった。世の中はそういうものだ。けれど、ひとりだけ、態度を変えないやつがいた。

——ひ、ひ、ひ、ひ。

高二の自己紹介のとき、あまりの気持ち悪さに一秒で存在をシャットアウトした男。吃音という病気とは関係なく、平良一成《かずなり》の九割は気持ち悪さで構成されている。清居をキングと呼んで崇《あが》め奉る。興奮するとデュフフと笑う。そんな男が自分の恋人になるとは、いったいなんの罰だろう。自問自答している間に時計の電池交換は終わった。

「FBI捜査官で、天才で、博士で、金髪のイケメンなの」

「それも結構いますね」

さっきの女がまだ店員に食い下がっている。

「なんとか調べて。バレンタインのプレゼントに間に合わせたいの」

必死なのはわかるが考え直せ。高額プレゼントは怖いのだ。店員、そう言ってやれ。

帰りの電車内でも、やたらバレンタインの広告が目につく。今ごろ事務所にも所属俳優の名前が書かれた段ボール箱が山積みになっているだろう。中身はもちろんチョコレートとプレゼントだ。それを分別し、既製品は寄付し、手作りは処分して応援の気持ちだけ受け取る。

「ええ、三浦《みうら》くんにチョコレートあげるの？」

「まあね」

電車内ですぐ隣に立つ女たちの会話が耳に入ってくる。

「ついに三浦くんとつきあうの？」

「わけないっしょ」

「あのダサさはちょっと無理だわな」

「まあでもずっと尽くしてくれてるし」

男のほうが女に惚れているらしく、女はよく手入れされた髪をドヤ顔でかき上げた。

隣で清居はふっと鼻で嗤った。ああ、おまえのそのドヤ感はよくわかるぞ。奴隷に恵んでやる感覚なんだろう。しかしどっこい、いつか痛い目に遭うかもしれないぞ。下に見ていた男に気づけば心を盗まれ、わんわん泣きわめいて愛を乞う羽目になるかもしれないぞ。そんなことはありえないと言いたいだろう。しかしこの世に絶対という言葉はない。

なぜなら、自分がまさにそのコースを辿ったからだ。どうしてそんなことになったのか、さっぱり意味がわからないが、なってしまったものはしかたない。それよりも。

――俺も平良にチョコレートを与えるべきなのだろうか。

ハッピーバレンタインと書かれた中吊《なかづ》り広告を、清居は凝視した。恥じらいながらリボンのかかったチョコレートを平良に差し出す自分。想像すると鳥肌が立った。

「清居くん、ちょっとやりすぎじゃない？」

撮影が終わったあと、帰ろうとする清居にスタイリストが声をかけてきた。帽子、サングラス、マスク。顔は完全にかくれているが、かくしすぎて不審者になっている。

「ちょっと風邪気味なもんで」

ごほごほと咳でごまかしてスタジオを出てから、表参道《おもてさんどう》にある有名チョコレート店に向かった。明日の十四日を控えて高級店とは思えない混みようで、カカオの香りと女の化粧品、シャンプーや香水の匂いで店内はむせ返っている。ああ、嫌だ。なぜ自分がこんなところで恋愛脳の女たちにまじってチョコレートを買わなくてはいけないのか。

——くそ、もうなんでもいい。どうせ平良だ。

バレンタイン用の詰め合わせに手を伸ばす。四つ入りを手に取って、少ないかなと思い直した。じゃあ六つ入り？　と思ったが、シャンパントリュフが入っていたのでやめた。平良は酒はあまり好きじゃない。しかし八つ入りのほうは日本限定の醤油《しょうゆ》トリュフが入っていて、なんとなくうまそうに思えなかったのでやめた。

しかたないのでアラカルトにしようとショーケースに向かった。いろいろな種類が並んでいる。なににしよう。そもそも平良は甘いものをそれほど食べない。あまり変わったものよりもオーソドックスなほうがいいか。ああ、だったら斬新で有名なこの店よりも、ベルギー王室御用達の店のほうがよかったのだろうか。確か近くにあったような——。

「あのー、時間かかりそうなら先にいいですか？」

後ろから声をかけられた。どうぞと場所を譲ったとき、斜め後ろからくすっと小さな笑い声が聞こえた。ちらっと見ると、女子高生っぽいふたりがこそこそ話していた。

「真剣に悩みすぎじゃない？」

「最近は男でも彼女にチョコあげるもんね」

「超恋愛脳～。よっぽど好きなんだね」

くらりと眩暈《めまい》がし、清居は逃げるように店を出た。恋愛脳めと馬鹿にしていた女よりも悩んでいた自分にショックを受けた。くそ。平良なんかなにをやっても『清居から』というだけで平伏して涙を流すに決まっているのに。それ以前にしゃれっ気と縁のない男なので、それがブランドの高価なチョコレートだということすらわからないかもしれない。

なのに人生初バレンタインということで、無意識に高揚していたようだ。初めてできた彼氏相手に浮かれてまーす的な、バレンタインという今まで馬鹿にしていた行事に参加し、あまつさえあのきもうざな平良のために真剣にチョコレートを選んでいた自分が恥ずかしい。

この俺をこんなふうにして、平良め、何様のつもりだ。

バレンタイン当日、清居は鞄の中にコンビニで買った五百円のチョコレートを隠し持って帰宅した。変に張り切ってます感を出したくないので、

――ああ、そういや忘れてた。これやるわ。

とどうでもいい感じで渡そう。別にわざわざ買ったわけではない。主な目的としてはコーヒーであり、たまたま目につき、ついでに買ったという設定でいいだろう。

よし完璧だと帰宅すると、むわりと甘い菓子の匂いが鼻先をかすめた。おかえりと平良が出迎え、いつものように清居から鞄を受け取る。リビングに向かうと、テーブルには焦げ茶色のチョコレートでコーティングされたホールケーキがあった。

「なんだこれ」

どう見ても平良から自分宛のバレンタインチョコレートなわけで、コーティングがよれているのを見るに手作りのようだ。ふっと内心ほくそ笑んだ。手作りか。そうか。甘いものなど特に好きではないが、恋人からならやぶさかではない。平良が俺のために――。

「あ、あ、あの、清居、安心してほしい。ルール通り、生ものを扱うからちゃんとビニール手袋をしたし、髪の毛とか唾液とかガラナ産媚薬《びやく》とかおかしなものは入れてない」

「髪の毛？」

思いも寄らぬことを言われ、喜びは霧散し不気味さに入れ替わった。

「入れたのか？」

「入れてない。そんなのはファンの風上にも置けない、発覚次第あらゆるイベントは出禁になり、推しの前に姿を見せることはできなくなるとマナーブックに書いてあった」

「なんのマナーブックだよ」

訊きたくないが、訊いてみた。

「某アイドルグループの私設ファンクラブが作ってるマナーブック。手作り菓子は遠慮するべきだけど、やむにやまれぬ事情で贈るときのルールとして書いてあった」

「髪の毛や唾液や媚薬を入れるなって、ルール以前の常識だろう」

とはいえ、事務所のスタッフはいつもルール違反のプレゼントに頭を悩ませている。以前、大量の虫が発生したこともある。自分の常識がみなの常識だと思ってはいけない。

「まあ、明文化されてるほうがあとで揉《も》めないけどな」

「うん、俺もすごく参考にさせてもらった」

「おまえは参考にしなくていいだろう」

「え?」

平良がまばたきをする。なぜわからないんだといらっときた。自分たちはファンと芸能人ではない、ひとつ屋根の下で暮らしている完全無欠の恋人同士だ。それをなぜファンクラブのマナーブックを参考にするんだと襟首をつかんで揺さぶりまくりたい。しかしこらえた。誰がそんな恰好悪いことを口にするものか。清居はふんと顔を背けた。

「けど俺はチョコレートなんて用意してないからな」

おまえも少しは理不尽を味わえという意趣返しのつもりだったが、

「当たり前だよ」

と間髪容《い》れず返され、「は？」と眉根を寄せた。

「清居からバレンタインチョコをもらえたら、嬉《うれ》しすぎてその場で召されると思う。目の前で死ぬなんて迷惑だろう。だから絶対に俺は清居からのチョコはほしくない」

「ほしくない？」

「うん、絶対にほしくない」

力強くうなずく平良を前に、自分の常識が音を立てて崩れていく。《自分の常識がみなの常識だと思ってはいけない》と理解しているが、この男はズレすぎている。

「もちろんだ。誰がおまえなんかにチョコやるか」

怒りに任せて言うと、平良は小さく息を吐いた。なんだ、そのほっとした顔は。こらえきれず、手近にあったソファのクッションを投げつけた。平良はきょとんとしている。

「ケーキはあとだ。先に飯！」

「はい」

「その前に風呂！」

「はい」

平良が風呂場へと飛んでいき、清居はソファに倒れ込んだ。なぜだ。今日はバレンタインなのに、チョコレートケーキまで用意されたのに、なぜ甘い雰囲気にならないのだ。こちらの気持ちをなにひとつ忖度《そんたく》してくれない、という意味で平良ほど亭主関白な男はいない。

――彼氏から全力でチョコ拒否られるとか、ありえねえ。

ノーヒットノーランの完封負け、いや、打席に立つことすらさせてもらえなかった。こんなことがあっていいのか。清居の初バレンタインは屈辱にまみれて終わった。

翌日、事務所に届いた清居宛のバレンタインプレゼントを検分していると、ファンからのものに紛れて、しっかり『平良一成』からのチョコレートもあった。彼氏のくせに事務所にまで送ってくるなと、清居の絶望は深度を増した。

interlude

キングのお料理

その日、清居《きよい》は料理に燃えていた。

材料は買ってきた。豚肉、ほうれん草、日本酒、以上。初心者でも失敗せず、簡単でおいしく、「こいつデキるな」と思わせる料理をググりにググった結果、北大路魯山人《きたおおじろさんじん》や向田邦子《むこうだくにこ》が愛したという『常夜鍋』というものに行き着いた。有名な芸術家と作家らしく、ちょっと変わった雰囲気にも満足し、清居はこれを作ることに決めた。

ことの起こりは昨夜、平良《ひら》はカメラサークルの飲み会で帰宅が遅かった。場所は部長のアパートで、料理も各自持ち寄りという男子大学生とは思えない堅実さだが、平良には気兼ねなく楽しめる集まりで、わざわざ飲み会の様子を撮っていた。

「意外とうまそうだな。これとか、どっかのデリ?」

「ううん、それは、こ——メンバーの手作り」

一瞬詰まったのを清居は聞き逃さなかった。『こ』とは、あのビーバーのことだろう。

「小山《こやま》くんの手料理か」

「な、なんか最近料理が趣味みたいで」

「うまいの?」

「ふ、普通」

平良が目を逸らす。そうか。うまいのか。自分の彼氏と昔いろいろあったやつがまだ同じサークルというのはムカつくが、サークルをやめようとした平良を止めたのは清居だ。平良にとっては楽しい場所なのだし、それを嫉妬で取り上げるなどという心のせまいことはしない。

しかし彼氏としてビーバーに後れを取ることはプライドが許さない。料理なんてまったく興味の持てない分野ではあるが、自分はやらないだけで、その気になればできるということを一度は示しておくべきだ。ということで、レッツ・クッキング。

メモを横目に、まずはほうれん草を切る。スーパーで買ったものだし、洗ったみたいに綺麗なので袋から出してそのままざくざく切った。次は豚肉。食中毒の危険があるのでよく熱を通さなくてはいけないと前に母親が言っていたのを思い出し、菌があるなら洗ったほうがいいだろうと水道で揉むようによく洗った。自分の優秀さに溜息が出る。

最後に鍋にどぼどぼと日本酒を注いで煮切る……とあるが、煮切る？　なんだそれと腕組みで考え、まあ煮ることだろうと判断した。美を表す言葉ひとつ取っても、美麗とか華麗とか流麗とか日本語はいろいろな言い回しがある。芸術家と作家が愛した料理らしいので、レシピもちょっと難しい言い方をしたのかもしれない。

ああ、タレを忘れてはいけない。実家ではポン酢が多かったが、レシピには醤油と書いてあった。え？　醤油？　それだけでうまいの？　初めて疑問が湧き、もう一度レシピを確認すると大根おろしとあった。しまった。見落としていた。今から買いに行くのは面倒だ。まあ大根おろしなんかなくても味は変わらないだろう。たかが大根だしな。

よし、これで完成だ。うん、あっという間だった。今まで機会がなかったけれど、自分はもしや料理の才能があるのかもしれない。見てろよ、ビーバーめ。これでもうでかい顔はさせないぞ。なみなみと日本酒が注がれた鍋を見下ろし、清居は鼻高々でうなずいた。

「えっ、き、き、清居が作ってくれたの?」

帰宅した平良は、卓上コンロにセットされた鍋を見て震えはじめた。

「ちょっと気が向いたから」

「す、すごい。清居の手料理なんてオリンポスの葡萄《ぶどう》クラスだよ」

なにを言っているのかさっぱりわからないが、感激していることは伝わってくる。

「大袈裟《おおげさ》に騒ぐな。適当にぱっぱと作っただけだ」

ぱっぱと作ったのにおいしい=料理上手というイメージだ。

「お、出汁《だし》が沸いてきたな。さっさと食おう」

「は、はい、い、い、いただきます」

ふたりで向かい合って手を合わせた。沸騰している日本酒が注がれた鍋にほうれん草と豚肉を入れる。どちらもすぐに火が通る。しなっとしたほうれん草と豚肉を、ただの醤油を注いだ小鉢に浸して食べる。口に入れた次の瞬間、思い切り眉根が寄った。

——まずっ。

めちゃくちゃ酒臭いし、ほうれん草は土の味がするし、実際にじゃりじゃりする。砂なんて入れてないのになぜ？　豚肉はただの酒と醤油味でそれ以上でも以下でもない。なにひとつ間違えてないのになぜだと焦っていると、おいしい、と平良が感極まってつぶやいた。

「おまえ、これうまいの？」

「神々の美酒の味がするよ。神の鍋だ」

平良はこくこくとうなずき、さらにおかわりを小鉢によそっている。お世辞ではないようだが、平良は清居の出したものならソテーしたゴム草履でも三つ星をつける男だ。

「清居は料理がうまいんだね。すごい。なんでもできるんだ」

崇拝の目を向けられ、おまえちょっと冷静になったほうがいいぞと思ったが、平良がうまいと言っているのだから目的は達成できた……のだろうか。さっきから頭がぼうっとして考えがまとまらない。鍋の熱のせいか。なんだか酔っ払ったような心地だ。

「そうか。うまいならもっと食え」

清居はぼうっとしながら平良の小鉢に大量の具をよそってやった。すごくおいしい、ありがとうと本当に嬉しそうな平良を見ていると、少々の疑惑は霧散し楽しくなってきた。

「口開けろ。ほら、あーん」

日本酒漬けのほうれん草を箸でつまみ、平良の口元に持っていってやった。平良は目を見開き、ぷるぷる震えながら口を開けた。あーんなんて恥ずかしいことは普段なら絶対にしない。なのにどんどん愉快になって、身体まで火照ってきた。

「ひーらー……」

清居は立ち上がり、向かいに回って平良を背中から抱きしめて耳にキスをした。平良が硬直する。その反応がおもしろくて、チュッチュッとわざと音を立てながら耳たぶを吸っていると、平良がぐらぐら揺れはじめ、清居を巻き込んで椅子ごと床に倒れた。

「ご、ご、ごめん、頭がぼうっとして」

押し倒される恰好で、見上げた平良の顔は真っ赤だった。

「……する?」

すでに反応している平良の股間に触れた。ただ鍋を食べていただけなのに、やたらといやらしい気分になっている。こくこくと平良はうなずき、清居の首筋に顔を埋めてきた。

「……シャワー、汗かいてるから」

「うん、清居の匂いがする」

すんすんと動物のように鼻を鳴らしながらシャツをまくり上げてくる。いつもより乱暴な手つきに逆に燃えてしまう。結局夕飯は中断し、そのまま最後までしてしまった。

翌朝、素っ裸で目覚めた。脱ぎ散らかした服が居間のあちこちに散乱していて、乱交パーテイでもしたような惨状に清居はぽかんとした。頭がズキズキする。

「うー……、なんで二日酔いみたいになってんだ」

額を押さえていると、隣で眠っていた平良も目覚めた。

「……あ、おはよう、清居」

「はよ。なあ、昨日俺らなにしたんだ？」

「昨日は……えっと清居のお鍋を食べてて……」

「途中でエッチしたよな」

「うん」

「そのあとは？」

「……寝たのかな？」

ふたりでひどい有様の室内を見回し、あっと思い出してコンロにかけっぱなしの鍋を覗き込んだ。日本酒はすべて干上がり、底が真っ黒に焦げている。しかし火は消えている。

「カセットボンベが残り少なかったのかな？」

「だろうな。助かった。火事出すところだった」

ふたりで胸をなで下ろした。

「けど、なんでこんなことになったんだ」

「さあ、お鍋食べてたらだんだん頭がぼうっとしてきて」

「俺はなんか楽しくなってきて――」

　そのあとめちゃくちゃいやらしい気分になった。

「やっぱり神鍋だったのかな」

「うん？」

「あんまりおいしくできてたから、俺たち神々の宴に招かれたんじゃないかな」

「意味がわからない。きもい」

　しかし平良に料理上手なイメージを植えつけることに成功し、ラブラブな夜を過ごせたのだからまあいいかと清居は雑にまとめた。にしてもクソまずい鍋だった。芸術家や作家の舌もあてにならないなとあきれ、今後は面倒なので料理はしないことに決めた。

《特別監修：小山くんからのワンポイント・レッスン》
①煮切るとは、酒やみりんを煮立ててアルコール分を蒸発させる調理法です。揮発したアルコールで酔っ払ってしまわないよう調理中は換気扇を回しましょう。
②ほうれん草は綺麗に見えても根元に泥がかくれています。丁寧に洗いましょう。
③大根おろしを侮るなかれ。味変率めちゃくちゃ高いよ。
④なんで豚肉洗うの？　馬鹿なの？
⑤っていうか、清居くんは二度と料理をしないのが世のためだね。

interlude

CRAZY FOR YOU

五月の午後、庭にレジャーマットを敷いて清居《きよい》は黙々と腹筋をしている。

夏に放映される整髪剤のCMに出演が決まり、身体を作り込んでいるのだ。上半身裸で、汗で貼りついた前髪が日差しを浴びてきらきらと煌めいている。

「清居、上着着ないと身体が冷えるよ」

平良《ひら》が居間から声をかけると、

「いい。日焼けも兼ねてるから」

清居の横顔は真剣だった。

「日サロで焼いた不自然なのはNGなんだよ。求められてるのは、『清潔感のある自然な小麦色で、爽やかな男の色気にあふれ、嫌みなく筋肉のついた、一見モテる悪いやつ風な、実は一途なイケメン細マッチョ』だ。盛りすぎだっつうの」

さすが役者だ。ハアハアと息を乱しながらも噛《か》まずに一気に言ってのけ、

「そんな男いるかよ」

と舌打ちを追加した。

「大変だね」

「ああ。でも現実にはない夢を見せるのがモデルや役者の仕事だ」

清居は一心に腹筋に励み、平良は居間のテーブルに置いていたカメラを手に取り、薄暗い室内から清居を撮った。響くシャッター音に清居が顔をしかめる。

「筋トレ中なんか恰好悪いだろ」

「清居に恰好悪いときなんかない」

連続でシャッターを切ると、清居はふいと顔を背け、目を閉じて腹筋を続けた。身体を起こすと同時に上半身を左右にひねる。苦しげな横顔。動きのたびに流れる筋肉。引き締まった背中。細くて長い首。うなじ。ふたつの肩甲骨の動きは今にも羽ばたきそうな天使の羽根のごとく。吸い寄せられるように庭へ下り、近くから清居を撮った。

「あー、くそっ、限界」

起き上がろうとした身体を後ろに倒し、清居はレジャーマットに大の字になった。平良はほんのりと上気する美しい顔を真上から写し取った。

「撮んなって、こんな顔」

息を乱し、清居がカメラをにらみつける。その顔に見とれて撮った。

「綺麗だ」

「おまえ、他のこと言えねえの？」

「うん」

話すことが圧倒的に下手な自分がどれほど言葉を尽くそうが、清居の美しさは表現できない。

尽くせば尽くすほど、届かなさに歯がゆい思いをするだけだ。平良は膝をつき、汗で濡《ぬ》れた清居の額にレンズを寄せた。ファインダーの中で清居がこちらを見る。

「キスする?」

流れるような目線と汗で濡れた唇にどきりとした。

「だ、だ、ダメだよ。近所の人たちに見られたら困る」

「困んの?」

「き、清居は芸能人だからどこで誰に狙われてるか」

清居は眉根を寄せ、あっそ、と顔を背けた。その動きが長い首筋を引き立てて、なだらかな顎のラインをも際立たせる。レアな角度に夢中で撮り続けていると、

「そういや」

唐突に清居が身体を起こした。

「今度の土曜日、九時からスペシャルドラマあるんだけど」

「もちろん知ってます」

ファンモードが発動し、自動的に背筋が伸びた。人気脚本家と若手俳優をそろえた二時間のスペシャルドラマに清居が出演する。主役ではないけれど重要な役なのだ。

「公式サイトを一〇八回観《み》たよ」

「どんだけ観んだよ」

「清居はヒロインの恋人の親友役なんだよね？」

「おう」

「出番多いんだよね？」

「多いというか、まあ、印象に残る役だな」

清居には珍しい歯切れの悪さが気になった。

「俺、その日は撮影で遅いけど」

「そうなんだね。ご飯はどうする？」

「いらない。それよりそのドラマ、一緒に観たいからおまえも観るな」

「い、一緒？　俺と？」

「他に誰がいんだよ。とにかく絶対にひとりで先に観るな。いいな」

「は、はい、わかりました」

清居と一緒に、清居の出演ドラマを観る。目の前に清居奏《そう》、隣にも清居奏。幸せで息が詰って死んだらどうしよう。いや、それよりも問題は目が足りないことだ。どちらの清居を観ればいいのか。目の前？　隣？　人間の目って左右で方向をずらすことはできなかったっけ。昆虫のような複眼だったらよかったのに。特にカマキリが優秀らしい。

ああ、そんな非現実的なことを考えている場合ではない。明日にでもビデオカメラを買ってこよう。そうして『清居奏の出演ドラマを観るリアル清居奏』を撮ろう。昆虫の目は持てないが、現代人には文明の利器がある。

どちらの清居も取りこぼさない算段をしながら、一方で違和感を覚えていた。清居は仕事のことをわざわざ自分に教えるなんてことはない。平良が清居のメディア露出をすべて調べ、小さな白黒記事まで集めるものだから、うざい、きもい、と引かれることはあれど、一緒に観たいなんて言われたことはない。なにかあるのだろうか。


——どうしよう。死ぬほど気になる。


キングの言いつけは絶対である。しかし君主の異変を感じたとき、身命を賭して動くのも忠臣の生き様のひとつではないだろうか。土曜日の夜、平良は死を賜る覚悟で清居の出るドラマにチャンネルを合わせた。そして清居が言った意味を理解した。

昭和四十年代の東京《とうきょう》を舞台にした青春ドラマで、若者の初々しい恋愛や爽やかな友情を軸に話は進んでいく。清居はヒロインの恋人の親友役で序盤から出番が多い。けれど四十分をすぎたところで衝撃の展開が待っていた。清居が親友をかばって事故に遭ったのだ。

頭が真っ白になった。

これは現実じゃないとわかっているのに身体が震えはじめた。やめろ、やめろと無意識につぶやいていた。けれど画面の中で清居は病院へ運ばれ、途切れ途切れに言葉をつなぎ、親友が号泣し、次のシーンではもう葬式だった。喪服を着たヒロインが泣いている。

得体のしれない恐怖が足下から這い上がってきて、平良はソファの上で膝を抱えた。背中を丸め、息を殺し、目だけでドラマを追う。内容が頭に入ってこない。清居が死んだのに物語がよどみなく続くことが理不尽すぎて、ひたすら画面をにらみつけるしかできない。

大丈夫。これは現実じゃない。いや、そうだろうか。だって現実もこんなふうじゃないか。誰が死んでも世界が滅亡するなんてことはないし、残された人たちは、それぞれ嫌でも毎日を生きていかねばならない。ねばならない。ねばならない。なぜ?

自分は清居を失ったら生きていけない。そう思っているけれど、具体的にそれはどういうことだろう。生きていけないというのは、直訳すると死ぬということだ。

でもそんなに都合よく事故死もできない。誰かが自分を殺してくれることもないだろう。だったら自殺か。自殺は簡単じゃない。きっと痛い。苦しい。怖い。自分にそれらを乗り越える勇気はあるだろうか。ああ、違う。勇気は褒められる行いに対して使う言葉だ。

だったらなんだろう。勇気じゃなくて……、無茶? ああ、そう、無茶だ。自分はそんな無茶ができるだろうか。その瞬間、親の顔を思い浮かべたりするんじゃないか。でも意外に、そこまで追い詰められてるときには周りのことなんて考える余裕はないだろうか。

数ある方法の中で、一番楽に死ねるのはなんだろう。昔、吃音が原因で生きていたくないと思いつめたとき、イメージするのはいつも縊首だった。今から思うと、あのとき死ななくて本当によかった。当時の自分に「おまえは将来、清居奏という生涯を通じてのキングと出会えるから、地面に這いつくばってでも生きろ」と教えてやりたい。

それと同じで、もしや清居を失ったあとも自分の人生にはいいことがあって、何十年後かに、ああ、あのとき死ななくてよかったと思う日がくるのかもしれない——。

背筋がぞっとした。そんな日がくるなんて信じられないし、信じたくない。清居がいなくても幸せなんて、そんなことを思う自分は自分じゃない。平良は勢いよく立ち上がり、洗面所へ向かった。ドラマはとっくに終わっている。内容は覚えていない。別に構わない。清居のいない世界、もといドラマなんて価値がない。記憶に残したくない。

平良は洗面所の棚から洗濯済みのタオルを取った。清居のためにふわふわ柔軟剤仕上げのそれをドアノブに引っ掛け、その下に座りこんだ。垂れ下がっているタオルの両端を自分の首の下で固く結ぶ。これで身体を前に滑らせたら、自分の体重で首がしまる。

平良は何度かタオルを引っ張って確認した。よし、いける。大丈夫だ。タオルのかかった首にそっと手を当てる。目を閉じて心を落ち着かせていると、玄関から声がした。

「ただいまー、平良?」

清居が帰ってきたらしい。立ち上がる間もなく足音が近づいてきて、いきなり向こう側から洗面所のドアが開かれた。タオルでノブにつながれたまま、ずるっと身体がすべった。

「ん? なんだ、ドア重っ」

怪訝《けげん》そうな声。そのまま力任せに引きずられ、ぐいぐい喉がしめられる。やばい。じたばたしていると、開いたドアの隙間から、うわっと清居が声を上げた。

「馬鹿野郎、なにしてんだ！」

清居の怒りは凄《すさ》まじかった。機関銃のように平良を罵倒し、今はあぐらでソファに座り、床に正座している平良を腕組みでにらみつけている。

「約束やぶってひとりでドラマ観て、絶望して自殺だと？　だから観んなって言ったろ。おまえはどこまでアホなんだ。そんなに死にたきゃ今すぐ死ね。俺は別れる！」

「ご、ごめんなさい。心から反省してます」

平良はひたすら謝り続けた。

「で、でも、あの、ひとつ訂正させてほしい。さっきのあれは自殺じゃないし、死のうなんて思ってなかったし、ただ気持ちを落ち着けてただけだから」

「はあ？」

「清居を失うことを考えて怖くなったんだ。でもそれを乗り越えて、あのとき死ななくてよかったなんて思う日がきたらどうしようって考えてさらなるパニックに――」

「人を勝手に殺して、立ち直るところまで想像するってどういうことだ」

清居がさらに怒りに顔を歪《ゆが》める。

「あ、いや、だからその、まだ続きがあって――」

「まあ、でも立ち直るところまで妄想できたならよかった」

「それは違う」

思わず真顔で言い返した。清居がびくりと身体を引く。

「清居のいない世界で、いつか幸せを感じる自分がいるかもしれないなんて、これ以上の恐怖はないよ。俺は最後の一兵になってもキングを守るという誓いを立てた。それをどうして自分ひとりがおめおめと生き残れる？　恥辱以外のなにものでもない。たとえそれが正しいことだとしても受け入れられない。アヒル隊長なら潔く腹を切ると思う」

「……お、おう」

「だから実行するかどうかは別として、いざというときはこれで自分を終わらそうっていう確認というか、今はまだ抜かないけど俺の腰には刀があるっていう感覚、わかる？」

「全然わかんねえわ」

清居は嫌そうに顔を歪めたあと、ぐしゃぐしゃと髪をかき回した。

「あー、もう、クソ腹立つ。おまえを理解しようなんて、やっぱ無理だわ。なんで俺おまえとつきあってんだ。さっぱりわかんねえ。もうまじで別れたい。身がもたない」

清居は文句を言いつつ、平良に向かって両腕を伸ばしてくる。

こわごわ問うと、襟をつかんで引き寄せられた。たじろぐくらいの真顔にぶつかる。

「ほんともう、勘弁しろよ」

ほとほと嫌そうに、清居が顔を寄せてくる。くちづけと一緒に強く抱きしめられて、幸福感に窒息死しそうになった。ああ、どうせ死ぬならタオルよりもこっちがいい。

「き、清居?」

幻想の彼

同世代の仲間が集まると、自然と恋バナになる。

今夜もそうだった。番組打ち上げの飲み会で、女優のひとりが酔った勢いで彼氏の愚痴をたれた。みな芸能人で、若手で、週刊誌に怯《おび》える日々なので、互いに秘密を洩《も》らさない仲間内だとついつい口が軽くなり、我も我もと恋人の文句をぶちまけはじめた。自分は愚痴は嫌いなのでスマホをいじって聞き流していると、「清居《きよい》くんは？」と聞かれた。

「普通であれば、もうそれだけでいい」

場がしんとなり、次の瞬間、嘘《うそ》だーの大合唱に包囲された。

「なに、その俺心広いよみたいな答え」

「見た目も中身もイケメンなんてずるい」

「清居くん、今は残念なイケメンが受けるんだよ？」

「さあさあ、本音を言っちゃいなさい」

「ほらほら、いろいろあるでしょう」

とせっつかれまくった。しかし真実、自分が恋人に求めるものは『普通』の一点だ。そして恋人である平良《ひら》一成《かずなり》には、それが最難関のハードルなのである。

「っていうか、清居くんって恋人いるの？」

隠すことでもないので、いる、と正直に答えた。

「どっちから好きになったの？」

「向こうだな。高二のときから俺一筋だ」

ええー、ピュアー、ベタ惚《ぼ》れじゃーんと羨ましがられ、ふっと鼻が高くなった。

「どんな人なの？」

不審者一歩手前のめっちゃ気持ち悪いやつ——とは言えないので、そこを除外して平良の人物像を語った。育ちがよく性根に卑しいところがないこと。確固たる信念に基づき、媚《こ》びを売らず、自らの愛に純粋に生きていること。一芸に秀で、将来を嘱望されているクリエイターであること。普段は無造作だが、気合いを入れるとモデル並みの恰好《かっこう》よさであること。ついでに一途《いちず》で料理上手で家事万能と締めくくると、なぜかぬるい目を向けられた。

「なにそれ。話盛りすぎでしょ」

「あ、わかった。二次元の嫁でしょ？　今流行《はや》ってるもんね。でも清居くん、現実にはそんな王子さまとお姫さまと良妻をかけあわせた美人なんていないのよ」

「いる」

ただし『きもうざ』というオプションがついている——とは言えずに黙り込んでいる様子が怪しかったのか、やっぱり二次元ねと決めつけられ、さらに清居奏《そう》アニメオタク童貞説まで浮上した。リアルの恋を知らないから夢が膨らむ、という分析だ。

「誰が童貞だ。ふざけんな」

否定すればするほど、いいからいいから、今はオタクも童貞も珍しくないと慰められ、残念なイケメンがここにもいたと盛り上がられた。ああ、眩暈《めまい》がする。これほどの屈辱がかつてあっただろうか。いや、あった。それも頻繁に。それらはほぼ平良絡みである。くそっ、平良め。あいつのせいで自分はいつもいつもいつもいつもこんなムカつく思いを――。

――きもうざなのに理想の彼氏なあいつが悪い！

その夜、思いっきり平良に八つ当たりをしたことは言うまでもない。

KISS ME

夜はそれぞれに好きなことをして過ごす。

自分は台本読みだったり、筋トレだったり、勉強と趣味を兼ねて映画やテレビ番組を観《み》たりする。平良《ひら》は好きなことをしている清居をカメラで撮ったり、撮った写真をパソコンで整理したり、カメラの手入れをしたりする。お互い口数が多くないので室内は静かだ。

集中して台本を読んでいると、頭がぼうっとしてくる。これ以上は効率が悪くなる。ぱたりと台本を閉じ、ソファの反対側でカメラ雑誌を読んでいる平良ににじり寄った。

「膝」

そう言うと、平良は雑誌をテーブルに置いて姿勢を作る。そこに仰向けに倒れ込んだ。見上げる平良は嬉《うれ》しいような、怯えたような、困ったような、戸惑ったような顔をしている。こいつはいつもそうだ。新しいマンションで正式に同棲《どうせい》をはじめたというのに、この状況にちっとも慣れない。距離は近づいたのに、精神的にはいつも物陰からのぞき見をしている。

——崇《あが》められるのは気分がいい。

——でも焦《じ》れったい。

「清居《きよい》、俺、そろそろバイトだから」

「ああ、火曜か」

膝枕を堪能《たんのう》していたのに——清居はやれやれと身体《からだ》を起こした。

正式に同棲をして一週間、学生の平良は生活費を稼ぐために夜勤のバイトをはじめた。恋人と暮らす生活費を親に出してもらうわけにはいかない、というまっとうな理由だ。清居の場合はすでに芸能活動で稼いでいるので問題はない。

コミュ障丸出しの平良がバイトなどできるのかと危ぶんでいたが、平良は清居も驚くほどの素早さで工場の流れ作業という自分にドンピシャな仕事を決めてきた。普段はぼさっとしているくせに、清居に関わることとなると迷いがない。

「じゃあ、行ってきます」

一応玄関まで見送った。行ってきますのキスなどという、同棲をはじめたばかりの恋人同士がやりがちなことを平良はしない。畏れ多いと思っているのだ。清居もそういう甘ったるいことは好きではない。しかし向こうからはされたいと思うのが恋の不思議であり、それを断るまでがワンセットで理想である——という身勝手な不満を抱えている。

平良を送りだしたあと、戻ったリビングはがらんとして感じた。

週三日、十時から翌五時までの夜勤。大学との両立は大変だろうに、平良自身は特につらさは感じていないようで、それどころか楽しそうに出かけていく。流れてくるモンブランに栗《くり》をのせるという仕事がかなり気に入っているようだ。よくわからないので理由を訊《き》いたら、またアヒル隊長とか金色の川がどうとか言い出したので遮った。

「きもいやつ」

どさりとソファに寝転び、天井を見上げた。週に三日のひとりの夜を寂しく感じている自分と違い、意味不明な楽しみを見いだしている平良を見ているとおもしろくない。

——ほんの少しだけどな。

静けさが鼓膜に沁《し》み、対抗するようにテレビをつけた。途端にあふれる賑《にぎ》やかな笑い声。子供のころ、よくこうしてひとりで夜を過ごしていたっけ。ぼうっとテレビを観ているとスマートフォンが鳴った。実家からだ。面倒くさいなと思いながら通話をオンにした。

『奏《そう》？　お母さんだけど』

母親の声を聞くのは久しぶりだった。

『新しいおうちはどう？』

「いいよ。仕事行くの便利だし広いし」

『友達とはうまくやってる？　困ってることはない？』

「うまくやってるし、別になにも困ってない」

『奏は困ってても言わない性格だから』

かすかな溜息《ためいき》が聞こえた。

『奏がそうなったのって、お母さんたちのせいもあるのよね』

苦手な流れになりそうだったので、あのさ、と遮った。

「なにか用事だった？　今、本読みしてるんだけど」

素っ気なく言うと、母親ははいはいと笑った。

『夏休みの家族旅行、ハワイにしようかって話してるんだけど奏はどうする？』

「ハワイ？　すごいじゃん。部長パワー？」

この春、義理の父親が部長に昇進した。大学生の清居、中学生の弟、小学生の妹。まだまだ稼いでもらわないといけないのでめでたいことだ。

「いいじゃん。まあ俺は無理。仕事立て込んでるし。俺に気い遣わないでいいよ」

『気なんか遣わないわよ。家族なんだから』

わずかに強い口調のあと、母親は声を和らげた。

『ああ、でもそうね。今はお仕事が一番ね。お土産買ってくるから』

旅行の話はそれきりで、あとは野菜を毎日食えとか、夜遊びはほどほどにとか、定番の注意をいくつかして母親は電話を切った。清居はふたたびソファに寝転がった。

――やばかったかな。

母親と話していると、たまに流れにつまずくことがある。

家族旅行に参加したのは高二の冬が最後だ。高三は受験とモデルの仕事でパスした。多分これからもパスするだろう。別に行きたくないとかではないけれど――。

＊＊＊

高校二年生のとき、ボーイズコンテストに出た。入賞は逃したが、今の芸能事務所が声をかけてくれた。とはいえ高校生なのでモデルなどを控えめにやっていただけだが、卒業を機にもう少し本格的にやってみないかと社長から提案された。

「男がモデルなんてなあ。大学はどうするんだ」

高三の夏休み、夕飯時に進路の話が出た。義父は渋い顔をしている。

「大学は行く。それとモデル限定じゃなくて役者もやるつもり」

「役者？　なにをそんな夢みたいなことを。将来食っていけるのか」

「それはやってみないとわかんないだろ。大学入ったらみんなバイトくらいするんだし、俺の場合はそれが芸能活動ってだけ」

「バイト感覚なら、なおさらやめなさい。芸能人なんて顔を世間にさらす上にチャラチャラした印象だし、就職活動のとき不利になるんじゃないか」

「まあまあ、まだ学生なんだし、なんでもチャレンジしてみればいいじゃない」

母親が取りなしに入ってくれた。

「社長さんとマネージャーさんにもお会いしたけど、感じのいい人たちだったわよ。事務所もきちんとしてて、スタッフもたくさんいて、なにより安奈《あんな》ちゃんがいる事務所だし」

「有名な女優さんよ。ベルリン国際映画祭で日本人初の女優賞を獲《と》ったの」

「安奈ちゃん？」

「ふむ、事務所はしっかりしたところなんだな」

義父は芸能人に疎い。しかし母親が提示したわかりやすい価値観に、やや態度を軟化させた。

反対されても自分はやるつもりだったが——。

「そんなに心配しなくても、芸能界で生きてくってまだ決めたわけじゃないから。とりあえず東京《とうきょう》でひとり暮らしして、仕事と学生両立させながら大学四年の間に考える」

「口で言うほど簡単じゃないぞ」

「それもやってみないとわからない」

「悪い誘惑も多い仕事だ」

「そこは気をつける」

しかしなあ……とまだ反対しそうな義父に、清居はしかたなく切り札を出した。

「俺、今までわがまま言って親に迷惑かけたことあった？」

義父がわずかに表情を変えた。

「……いや、それはない。なかったよ」

義父はうなずき、まあ、しかたないかともごもごとつぶやいた。母親は隣で目を伏せている。

やりたいことを通すために親の罪悪感を突いてしまった。

「ねえねえお兄ちゃん、紗英《さえ》も東京行きたい。今度、連れてってって」

「駄目。邪魔」

そっけない拒絶に、妹はえぇーと唇を尖《とが》らせた。

「じゃあご飯食べてるとこ撮ろっと。友達のお姉ちゃんがお兄ちゃんのファンなんだって」

「やめろよ。写真勝手にやったりしたら怒るぞ」

「一枚くらいいいじゃない」

「紗英、やめなさい。お兄ちゃん、嫌がってるでしょう」

母親が妹の手からスマートフォンを取り上げた。

「だってお兄ちゃん、うちの小学校でもすごい人気なんだよ。紗英の自慢なのに」

「だからこそでしょう。家の中でくらいゆっくりさせてあげなさい」

「そうだけど」

妹はふくれっ面をした。去年ボーイズコンテストに出たあと、スマートフォン片手の女の子が大量に家の周りをうろついていた時期があった。あれには閉口した。

「ただいまー」

玄関から声が聞こえた。サッカー部のジャージを着た弟が入ってくる。夏休みでも弟は毎日部活へ行く。おかえりと母親が立ち上がり、妹が汗くさーいと顔をしかめる。

「先に風呂入ってくる。飯なに?」

「サワラの焼いたの」

「えー、魚かよ」

「肉豆腐もあるけど」

「それは豆腐じゃん」

弟はぶすくれて風呂へと行く。

「太緒《たお》、また背が伸びたんじゃないか？」

義父がジャージの背中に目を細め、母親が育ち盛りだからと笑って冷蔵庫から玉子と豚肉を取り出す。弟のためにガッツリ系のおかずを追加するようだ。

「お母さん、紗英、ケーキ食べたい」

「なに言ってるの。夕飯ちゃんと食べなさい」

「お兄ちゃんにはお肉出すくせに」

「ケーキとお肉は違うでしょう」

「好物なのは同じじゃん。お兄ちゃんばっかり贔屓《ひいき》だ贔屓だー」

駄々をこねる妹を、義父が愛《いと》しそうに見ている。

よくある平凡な家族の風景。

その中で、清居だけが微妙に浮いている。

三兄妹の中で、清居だけが両親に似ていない。

清居は離婚した前の父親似で、顔立ちから体型、すべてが今の家族とは違う。

義父と母親、妹と弟。仲が悪いわけでも断絶しているわけでもない。

けれど、昔からなんとなく疎外感が拭えなかった。

たとえば、清居は夕飯のおかずに文句を言ったことがない。

母親と二人暮らしだったころ、母親が仕事で家におらず、夕飯はひとりでレンジで温めて食べていた。夜勤で疲れて帰ってくる母親の真夜中の夕飯に、起き出してご飯をよそってやるのが清居の習慣だった。いい子だからではなく、単純に母親とおしゃべりがしたかった。

母親が再婚したのは清居が小学生のときで、それまでの鍵っ子生活から一転、毎日母親が家にいる暮らしは夢のようだった。けれどすぐに弟と妹ができて、母親の愛情はそちらにいってしまった。義父はいい人だが、自分の血を引いた子供がよりかわいいのは当然だ。

親の注目を浴びるよう努力したこともあった。がんばってテストでいい点を取ったり、お手伝いを積極的にしたり。けれど生まれたばかりの赤ん坊には敵《かな》わなかった。いつもビイビイ泣いて母親を困らせてばかりのくせにと腹を立て、そのあと、すっぱりとあきらめた。

人を変えることがどれだけ困難か、清居は身を以《もっ》て知ったのだ。

拗《す》ねて膝を抱えていても、誰も助けてはくれないことも。

だから、無駄な不平不満は言わなくなった。不満があれば自力で改善していく。できる努力はするし、それでも駄目なら潔くあきらめる。ゼロか一かの価値観。他力本願なやつ、自分がないやつ、踏みつけられても黙って耐えているやつ、そういう連中は馬鹿に見えた。
いつしか、性格がきついと言われるようになった。

「清居せんぱーい！」

放課後、だらだらと廊下を歩いていると、向かいの校舎から黄色い声が飛んできた。中庭をはさんで、開け放された校舎の窓に女子が鈴なりになって手を振っている。

「すげえ。あれ清居ファンクラブの一年だろ」

「うわ、体操部の浪川《なみかわ》ちゃんがいる。まじかよ。狙ってたのに」

「清居、手くらい振ってやれよ」

「めんどくさ」

一言で切り捨てると、周りにいる三年女子たちがふふんと笑った。

「あの子たち、無駄な努力なの知らなくてかわいそー」

「清居は難攻不落なのにね」

「てゆうか今年の一年、生意気。三年校舎に声張ってんじゃないっつの」

騒ぐ男子も、ひそひそ話の女子も、どっちもくだらないと清居は思っている。

二年生のとき、よく遊んでいたグループの連中と揉《も》めた。くだらない妬みが原因で、ネットに清居を貶《おとし》める書き込みをしたのはそいつらだろう。スクールカーストの頂点から引きずり下ろされ、それまで清居を崇めていた連中は手のひらを返し、恰好いいと騒いでいた女子たちも波が引くように去っていくのを、なるほどなと清居は冷めた目で見ていた。

人気とは、そういうものだ。

目には見えないけれど、確かにそこにある、人を引きつける磁場のようなもの。強くて、けれど脆《もろ》くて、なにかのきっかけで蠟燭《ろうそく》の火のようにあっけなく消える。

自分が持っていた磁場はあのとき一旦消えたが、三年に上がって衣替えみたいに人間関係も変わり、新しいクラスではまた自然と上のグループに属した。そして夏休みに雑誌モデルとして露出したのをきっかけに完全に復権した。今は再ブレイクの真っ最中だ。

——どうせ、またなんかあったら手のひら返すんだろうけど。

騒いで、去って、また騒ぎ出した連中を横目で見ながら、人気商売とはそういうものなのだと納得できた。自分がこれから飛び込もうとしている芸能界は、これを何百倍の規模にしたような情け容赦ない世界で、そう考えると今回のことはいい経験になった。

続く一年女子のコールに視線ひとつ揺らさない中、向かいから見知った男が歩いてくるのに気づいた。同じ制服を着ているのに、なぜか鬱蒼《うっそう》として見える。清居とは逆の負のオーラ。うつむきがちで猫背の姿勢。良くも悪くも、自分の目は一瞬で平良の姿を他と区別した。

ざわつく放課後の廊下で、平良はぽつんとひとりで歩いている。

少しずつ距離が近づいてくる。

お互い、自分からは目を合わせない。

けれどわかる。平良はじっと清居を見つめている。

長めの前髪の隙間から、清居の一挙手一投足を見逃すものかと見つめている。

その目の熱は、騒いで、去って、また騒ぎ出した連中とはまったく違う。

どんなときも、平良だけが態度を変えなかった。それどころか、理不尽ないじめに踏みつけにされたままだった平良が、清居を庇《かば》って城田《しろた》たちに殴りかかった。獣のように拳をふるって城田を鼻血まみれにしたあの一瞬、平良は臆病な羊が群れるクラスの王だった。

平良はただのきもうざではなかった。

恐ろしいほどに『清居奏』を敬愛する、犯罪者レベルのきもうざだった。

平良は頭がおかしくて、そのおかしさが平良を他と区別させる。

放課後の音楽室で、平良がカメラをやると初めて知った。カメラを構えると、平良の口や動きは若干なめらかになる。夕日が差し込む音楽室で、一眼レフのシャッター音に紛れながら、はじめて平良が清居を呼び捨てにした。清居からそう呼べと言ったのだ。

——清居。

——すごく綺麗《きれい》だ。

最後に二人で会ったのは五月で、そのあと何度か機会はあったけれど、いつも周りに友人がいて合図を送れなかった。『今カラ、フタリデ、会オウ』。合図といってもわずかな視線の揺らぎや、小さく首を振ったりというささやかすぎて普通なら見落としてしまうようなサイン。

けれど平良は見落とさない。

長めの前髪の隙間から、食い入るように自分を見つめているから。

距離がギリギリまで近づき、合図を送ろうとしたそのとき、

「清居せんぱーい！」

ひときわ大きくコールが響き、間を外されてしまった。

すっとすれ違う。平良が通り過ぎていく。思わず舌打ちが出た。

別にどうしても話したかったわけじゃない。

でも、あいつは自分からはけっして近づいてこないから——。

だから、いつも、しかたなく自分から合図を——。

モヤモヤしながら、すれ違いざまの平良を思い出した。

平良はうつむきがちに手を口元に当てていた。

なんてことのない仕草に、心臓の縁をちりっと焦がされたように感じている。

ほんの数回の平良との時間の中で、手へのくちづけを許した。恋をしたこともなく、誰ともつきあったこともなく、清居の身体に性的に触れたものは誰もいない。手へのくちづけをそれにカウントするなら、平良は自分に触れた初めてで唯一の男だ。

うっとりと熱っぽい目で自分を見上げ、床にひざまずき、手の甲にくちづけて、尼になりた

いなどと意味不明なことをつぶやいていた。本当に気持ち悪いやつだった。

——やっぱり、俺にとって清居は特別みたいだ。

——清居は特別だよ。他の誰とも違う。

きもい。うざい。何度そう言っても、平良は嬉しそうだった。どんな精神構造をしているのか知らないが、平良が自分を神のように崇めていることだけは強烈に伝わってきた。

廊下を曲がり際、さりげなく振り向いたときにはもう平良の姿はなく、なんとなく口をぬぐう振りで手の甲に唇を押し当てた。ここに平良の唇が触れていた。

だからなんだ？

自分はなにをしているんだ？

よくわからなくなって、すぐに手を離した。

高校を卒業した三月、今日は昼から雑誌の撮影が一本入っていた。

「清居くん、今日撮ってくれるカメラマンすごい人だから失礼のないようにね」

「野口大海《のぐちひろみ》さんですよね？」

「そう。うちの安奈のファースト写真集も野口さんが撮ってくれたんだよ。被写体の個性を引き出すのが抜群に上手《うま》い人だから、清居くんもお任せで撮ってもらってね」

スタジオに入ってから、マネージャーの菅《すが》と一緒に野口のところへ挨拶に行った。

「ああ、清居奏くんね。山形《やまがた》さんとこの期待の新人だって?」

今日はよろしくねと言われ、こちらこそよろしくお願いしますと模範的挨拶を返した。

撮影はスムーズに進み、新人らしからぬ度胸があると褒められた。どうもと頭を下げておいたが、カメラマンは例外なく口が上手いので実際はどうだろう。

「ああ、そうだ。清居くんて彼女いるの?」

楽屋で着替えているとマネージャーに問われた。

「まあいるよね。今どきの子なんだから。別れろなんて言わないからさ、ただツイッターやインスタにツーショットは出さないよう彼女に言っといて。匂わせも禁止ね」

「彼女はいないけど、気をつけます」

するとマネージャーは目を見開いた。

「え、なんでいないの? モテてモテて困るくらいだろうに」

「女、好きじゃないんで」

マネージャーはピンときたようだ。

「清居くん、そっち?」

「みたいです」

「ああ、そう。はいはい、了解。どっちにしろツーショは気をつけてね」

あまりにも世慣れた対応に拍子抜けしたくらいだったが、

「最近ゴシップ系週刊誌のせいで、トップタレントですら転落の憂き目に遭ってるだろ。どこの事務所も今はタレント管理に必死なんだよね。で、彼氏はいるの？」

「いません」

「好きな子も？」

きもうざの顔がふと胸をよぎったが、いません、と答えた。

「この業界、誘惑多いから気をつけてね」

はーいと軽く答えた。

地元に帰る電車の中で、流れる風景を眺めながら卒業式の日のことを思い出した。

――卒業しても会いたい。

当然そうくると思っていたのに、あの馬鹿は固まって立ち尽くすばかりだった。このままだと縁が切れるという事態になっても距離を詰めてこない男が焦れったく、腹が立ち、正体不明の苛立《いらだ》ちごとぶつけ、気づけば唇を重ねていた。

思い出すと、耳が熱くなっていく。

最低を最悪で塗り固めたような気持ちだ。

あんなのが自分のファーストキスだなんて信じられない。どうしてあんなことをしてしまったんだろう。自分で自分がわからない。もしやあいつを好きだなんて誤解されていたらどうしよう。一気に熱が高まってストーカー化されたらやばいぞ。

平良独特の熱っぽい視線を思い出し、それとなく車内を見回した。どこかから見られている気がしたが、きもうざな男の姿はどこにもない。ポケットからスマートフォンを出した。着信履歴、メール、ライン、あいつからの連絡はない。卒業式からもう十日経《た》つ。

さっさと連絡してこいよ、愚図めと顔をしかめた。


「じゃあ奏、お母さん帰るけど、本当にもうなにも用事ない？」

ワンルームマンションのせまい玄関で母親が繰り返し尋ねてくる。

大学生になり、東京でのひとり暮らしが今日からはじまる。引っ越しといっても荷物は少なくて半日ほどでかたづいた。母親は台所のせまさを心配していた。清居は料理などできないので構わない。それよりも風呂がユニットなのが不満だった。東京の家賃はべらぼうに高い。

「近いんだから、なにかあったら帰ってきなさいね。ご飯ちゃんと食べるのよ」

「わかってるって。朝から何回言うんだよ」

あきれる清居に、母親はバツが悪そうに笑った。

「あのね、奏」

「なに」

「ごめんね」

突然だったので清居は首をかしげた。

「奏が家を出たの、本当に大学やお仕事のためだけ？」

「……は？」

「お母さん、今でも覚えてることがある。奏がテストで百点取ったときのこと」

わずかに目を見開いた。

「あのとき、本当にごめんね」

呆然《ぼうぜん》として、すぐ我に返った。

「何年前の話だよ」

あきれた顔を作って見せた。

「でも、お母さん、ずっと気になってて」

母親がおずおずと手を伸ばしてくる。戸惑う清居の手に触れ、それは短い時間のことで、すぐに手を引っ込めた。そして「じゃあね、ご飯ちゃんと食べなさいね」と帰っていった。

部屋に戻ったが、ひどく落ち着かない気分だった。駅まで送ってやればよかったと思い、それもわざとらしい気がして、もう無理矢理忘れることにした。

——奏が家を出たの、本当に大学やお仕事のためだけ？

もちろんそうだ。別に実家が嫌とかではないし、子供のころに寂しい思いをしたのは確かだけれど、それを恨んでいるかのように思われるのは心外だった。ああ、でも前に進路の話になったとき、当てつけみたいなことを義父に言ったせいもあるのだろうか。

——俺、今までわがまま言って親に迷惑かけたことあった？

やりたいことを通すために、親の罪悪感を切り札のように使ってしまった。悪いことをしたと思うが、不満は自力でどうにかするしかないと子供時代に学んだ結果だ。

それにしても、母親があんな昔のことを覚えていたとは驚いた。

あれは弟が生まれてしばらくしたころだった。家に帰っても誰もいなかった鍵っ子時代とは違い、母親は毎日家にいて、チンではない温かいご飯を一緒に食べられるようになった。以前は疲れたが口癖だった母親が、ずっと優しい顔で笑っている。幸せだね、楽しいねと母親が噛《か》みしめるように言う。義父もうなずく。だから清居もそうなのだと思った。

これが『楽しい』のだ。

これが『幸せ』なのだ。

なのに「どうして俺は寂しいの？」とは訊けなかった。

今日は学校でこんなことがあった。先生がああ言った。こう言った。どれだけ楽しい話をしていても、一旦弟の泣き声が響けば、母親はなにもかも放り出してそちらに駆け寄った。

あの日、清居はテストで百点を取った。それも苦手な国語で。ランドセルを下ろす余裕もなく、鼻高々に母親にテスト用紙を見せたとき、またもや弟が泣きはじめ、母親はそちらに行ってしまった。いつもなら我慢して待つところ、生まれて初めての百点に興奮していた清居は母親を横取りされた怒りのまま大股で近づき、弟の頭を強く叩《たた》いた。

──奏！

あのときの母親の声と顔は忘れない。びくりと後ずさった清居に構わず、母親はがくんと首を反らしている弟をしっかりと抱きかかえて首を据わらせた。

──太緒、大丈夫、大丈夫よ。太緒、いい子ね。いい子ね。

母親はこちらに背を向け、泣いている弟に優しい声をかける。

──奏はお兄ちゃんでしょう。どうしてこんなひどいことするの。

やはり背中を向けたまま、母親は清居を叱りつけた。

お母さん、こっち向いて。

お母さん、俺を見て。

見てよ。ねえ、見てったら！

それらは言葉にならず、清居は百点のテストを手に、黙って自分の部屋に上がった。あんなに誇らしかった答案用紙をくしゃくしゃと丸めてゴミ箱に捨てた。三角座りの膝に顔を伏せているとノックの音がして、母親がおそるおそるというふうに顔を出した。

──奏、さっきお母さん怒りすぎたね。ごめんね？

母親はいつもの優しい顔をしていた。

──テスト百点だったたね。すごいね。お母さんに見せて。

――もういい。

――そんなこと言わないで。

部屋に入ってきた母親は、ゴミ箱に丸められている答案用紙を見つけた。どうしてこんなことするのと丁寧に広げ、すごいね、百点だね、お父さんにも見せて、これどこかに飾ろうねと言った。その瞬間、ぼろぼろと涙がこぼれて、清居は立ち上がって母親の手から答案用紙を奪った。ビリビリに破き、床にばらまいて走って部屋を飛び出した。

そのあとのことはよく覚えていない。特に騒ぎになった記憶はないので、なにごともなく夕飯までには家に帰ったんだろう。兄弟がいる家なら、似たようなことのひとつやふたつはあるはずだ。きっとよくある出来事。けれど、多分、あれ以降、自分は変わった。

母親に甘えなくなり、一方でアイドルになってたくさんの人の注目を浴びたいと願うようになった。代償行為だったのだろう。今、その夢の入り口に自分はいる。これはもしや、自分はまだ子供時代から抜け出せていないのだろうか。

――……………アホらし。

どうしてこんなことを思うのだろう。母親があんな昔の話を持ち出したからか。それとも上京してのひとり暮らしで、ガラにもなく不安になっているのか。大学がはじまれば寂しがる暇もなくなる。仕事もスケジュールが入っている。新しい友人、新しい環境。

気分転換に遊びに行くか。スマホを手に、ごろんと床に寝そべった。アドレスをスクロールして東京に出てきている友人を探す。途中、ふっと平良のところで画面を止めた。

平良とは卒業式に話したきり、やはり連絡はない。

キスまでしてやったのに、なにをぐずぐずしているんだろう。

いいかげんかけてこいよ。

あんまり遅いと、もう会ってやらないぞ。

ぶすっと画面を見つめる。

こっちからかけてやろうか。

画面に指先を伸ばし、寸前で我に返った。今夜は気持ちが安定しない。上下左右にぶれる感じ。こういうときの判断は八割正しくない。一晩寝て起きたら後悔するに決まっている。

「……ふん」

スマホを床に投げ出して、冷たいフローリングに顔を伏せた。

撮影が終わったあと、スケジュールの確認に事務所に顔を出した。

「お疲れさま。清居くん、こないだのグラビア評判いいよ」

社長は機嫌がいい。新人モデルらしからぬ度胸と華があると概《おおむ》ね評価がよく、潤滑剤代わりの世辞ではない証拠にドラマのチョイ役なども入ってきているらしいが……。

「え、舞台に出たい？　清居くん、舞台好きなの？」

知り合いの劇団の公演に出演したいと相談すると、社長とマネージャーは顔をしかめた。

「舞台はギャラがねえ。時間取られる割に顔も売れないし」

「今回はギャラもなしで」

「は?」

友情出演という形で清居奏の名前はクレジットに出さない、当日サプライズで完全な趣味だというと社長たちはますます渋い顔をした。そりゃそうだ。金をとれる自社のタレントをただ働きさせられるのだから。しかし清居にとって舞台は特別だった。

「なんていうか、視線がぐさぐさ刺さる感じが気持ちいいんですよね」

「すごい」

こちらに背中を向け、ソファで雑誌をめくっていた女がつぶやいた。女がくるりと振り向き、清居は目を見開いた。安奈だ。事務所にいるなんて珍しい。

「清居くんだっけ?」

「はい。はじめまして」

深々と頭を下げた。芸能界は礼儀に厳しい世界だ。

「舞台って怖くない? 絶対やり直しできないじゃない」

「その一発勝負なとこが気持ちいいんですけど」

安奈はわーおという顔をした。

「やっぱり評判通り度胸ある。わたしは怖いから舞台は苦手。ねえ、今度ご飯食べよ」

あっさりとした誘い方がよかった。元から安奈の演技が好きだったこともあり、連絡先を交換した。社長たちは清居がゲイだと知っているのでなにも言わなかった。

舞台をやりたいと言うと、珍しいねと返されることが多い。確かに、失敗できない一発勝負の世界は緊張感がすごいし怖い。本番前は手に汗握る。けれど観客の視線が一斉に自分に集中するときの、恐怖と紙一重の見つめられる快感にゾクゾクする。

初めて舞台に立ったとき、あることを思い出した。

長めの前髪からちらちら覗《のぞ》く、熱を含んでまとわりつくようなあの目。

大勢の中から、清居だけを見つめて突き刺してくる視線。

他の誰とも違う、特別に思えたあの気持ち悪い男の……。

——思い出すな。

反射的に舌打ちをしてしまい、社長やマネージャーがこちらを見た。

「あ、いや、なんでもないです」

平静を装ったが、内心は忌々しさではち切れそうだった。

もう六月にもなろうかというのに、平良からの連絡はない。別にもう待ってない。あんなきもうざなどどうでもいい。電話がきたら叩き切ってやるくらいに思っている。

大学に入学して一ヶ月が経ったころだった。まったく音沙汰なしの男に痺《しび》れを切らし、百万歩譲ってこちらから連絡した。しかしメールは宛先不明で返ってきた。番号は現在使われておりませんのアナウンス。あのときのことは思い出したくもない。

怒りのあまり、スマホを壁に向かって投げつけた。画面は蜘蛛《くも》の巣状に割れ、それでも足りずにノートや本を投げつけていると、隣の住人からどんどんと壁を叩かれた。

怒りでキレるなんて子供のとき以来だった。吐き出すこともできず、布団に潜り込んでぎりぎりと歯がみした。頭が煮えそうな屈辱だった。自分が連絡を待っている間、向こうはあっさり連絡先を消した。自分からキスまでした相手から切られたという現実。

あんなきもうざのことなど、もうどうでもいい。別にどうしても会いたかったわけじゃないし、自分も大学と仕事で忙しい。なにも気にしてない。気にしてない。気にしてない。

上京して初めてのひとり暮らしは快適だ。

自由を満喫している。

けれど静けさがたまに耳に痛い。

ダンゴ虫のように潜り込んだ布団から手を伸ばし、テレビのリモコンを取った。電源を入れると部屋中に笑い声があふれる。子供のころ、よくこうして寂しさを紛らわした。そう考えて、自分は寂しいのかと余計に悔しくなった。

——やっぱり、俺にとって清居は特別みたいだ。

——清居は特別だよ。他の誰とも違う。

あんな目で見つめたくせに。

他のやつらとは違うと思っていたのに。

あいつなんか大嫌いだ。

どこかで偶然遭っても絶対に無視してやる。

あの夜のことを思い出すと、今も腸《はらわた》が煮えくり返る。そういう自分に対して腹が立つ。それがなぜなのか考えたくない。許容できない答えが出たら、もう目も当てられない。

＊＊＊

目覚めたとき、とっさにどこにいるのかわからなかった。

ぐるっと目だけを動かした。白い天井。壁に貼られたソール・ライターのポストカード。

ああ、そうか、ここは平良と暮らす部屋だ。昨夜、母親と電話したあと、うっかりソファで眠ってしまったらしい。なんだか懐かしい夢を見た。カーテンを透かして感じる空はすでに朝の色をしている。ベッドに行こうと身体を起こし、人の気配にびくりとした。

「おはよう」

まだ薄暗い室内、ソファテーブルの横で平良が膝を抱えてこちらを見ていた。

「帰ってたのか」

「うん、ただいま」

平良は工場で夜勤のアルバイトをしている。

「……おまえさあ」

立ち上がり、平良の目の前にべたりと座り込んだ。

「清居?」

首をかしげる男にキスをした。さっきまで見ていた夢の延長か、胸の中に寂しさと悔しさが余韻として残っている。唇を離すと、平良はぱちぱちと瞬《まばた》きを繰り返す。

「おまえ、散々、俺を待たせやがって」

軽くにらみつけたあと、平良の大きな肩に額を乗せた。

「き、清居?」

「さわれよ」

「ど、どこに?」

「どこでも」

おそるおそるというふうに、背中に平良の手が触れてくる。なだめるように背中をさすられると波立っていた気持ちが落ち着いていく。馬鹿か。今さら。あんな夢を見て。

「おまえ、何時に帰ってきたの?」

「て、定時だよ」

「どっか寄ってたのか？」

「清居に会いたくてまっすぐ帰ってきた」

「でも三十分空いてる」

拗ねたような言い方になってしまった。ＤＶＤプレイヤーのデジタル表示は六時。夜勤が終わるのは五時で、工場から出るバスと始発で三十分もあれば帰れる。

「帰ってきて、ずっと清居を見てた」

「三十分も？」

「うん」

「だったら許すけど」

見つめられることは快感で、けれどもったいなくも感じる。平良がバイトをはじめてから一緒に過ごせる時間は大幅に減っている。

「起こしてもいいんだぞ」

「無理だよ」

「なんで」

「邪魔だから」

「俺が？」

「ち、違うよ」

「じゃあ、どういう意味？」

平良は焦ったように視線を彷徨《さまよ》わせ、薄暗い室内のある一点に視線を合わせた。

「清居はあの中に入りたいと思う？」

平良は壁に貼られたソール・ライターのポストカードを指差していた。

いきなりなんの話だと、清居は改めてポストカードを見た。真冬のニューヨーク。降り積もる雪の白とアスファルトの黒。灰色の人の足跡。赤い傘をさして歩く人物がひとり。それを俯《ふ》瞰《かん》で撮っている。配置と配色が完璧な世界。あの中に入る？

「思わない」

「だろう？」

平良は大きくうなずいた。

「眠ってる清居という完成している世界に、自分なんて邪魔者を入れたくないよ」

言いたいことはわかる。けれど理解はしたくない。

「見るだけで満足なのか？」

「満足だよ、すごく」

満足するな、こちらの気持ちを推し量れよとイラッとした。

「じゃあおまえは、もっと近くで寝顔を見るとか、たまに髪を梳《す》いてみるとか、キスしてみるとか、そういう普通の彼氏っぽいことはしたくないのか」

しかめっ面で、ずりずりと平良を跨《また》ぐように膝の上に乗った。首に腕を巻きつけて、鈍感な男を見下ろす。気づけよ。こっちはそういうことをしてほしいって言ってるんだ。暗い部屋で地縛霊みたいに膝を抱えて見てるんじゃなくて、彼氏みたいに触ってこい。

しかし平良は微妙に表情を曇らせた。

「それとこれとは——」

「ああ?」

不機嫌全開で見下ろした。

「……えっと、なにか怒ってる?」

ああ、怒っている。対面で膝を跨いだ体勢での誘いを拒絶されたのだ。これで不機嫌にならないやつがどこにいる。恥ずかしいからそう言えないのが余計に腹が立つ。

一方で、わかってもいるのだ。

平良は普通ではなく、『見つめる』ことに異常に固執する。

高校時代から、平良の視線だけが特別だった。妙な圧迫感があり、振り返るといつもそこに平良がいた。長めの前髪からちらちら覗く黒い瞳は輝きがなく、ブラックホールみたいに清居を取り込もうとする。なのに、どれだけ清居を映しても平良の目は満足しない。

——もっと見たい。もっともっと見たい。

——裏返して見せて。かき分けて見せて。隅々まで見せて。

払っても払っても自分だけにまとわりついてくる熱。どれだけ見せても満足せず、もっともっとと求めてくる。ある意味、誰より貪欲な目が死ぬほど気持ちよかった。

子供のころからずっと、自分はこういうふうに見られたかった。

おまえだけが特別だと、がんじがらめに愛されたかった。

奇跡的な合致。なのに、平良は最後の最後で的を大きく外す。

「……清居、ごめん。怒ってる理由を教えてくれたら直すよ」

「言いたくない」

平良は絶望的な顔をし、けれどすぐうなずいた。

「そうだね。うん、清居は普通じゃないし、俺みたいな凡人が聞いても理解できないと思う。ダイヤモンドや薔薇《ばら》の気持ちを、道端の石ころが聞くようなものだし」

——死ねよ。

苛立ちが頂点に達した。『俺みたいな凡人』とは誰のことだ。

おまえはキング・オブ・ネガティブオレ様だろう。

よく、「俺って変わってるって言われるんだ」とか「あたし不思議ちゃんだし」と自己申告するやつがいるが、真の変人には二パターンある。まったく自分を変だと思っていないか、もしくは周りと違う自分に劣等感を抱き、平均に合わせようと必死に努力するも、それでも合わせきれない生きづらさ全開のやつか。平良は前者だ。

さらに平良には強固なマイルールがあり、それに則《のっと》った行動や思考に矛盾はなく、けれど世の中の常識からも清居の気持ちからも大きくずれている。自分は普通に愛してほしいだけなのに理不尽だ。悔しいから、強引にでもこっちを向かせたくなる。

「したい」

「え？」

「今すぐ、したい」

「い、い、い、いいの？」

——つきあっているのに、なんでそんな驚くんだ。

触れることを冒瀆《ぼうとく》だと思うほど、平良は自分にイカれている。それは平良の中で最高級の特別扱いである。わかっている。わかってはいるけれど。理解と納得は別物だ。

「早くしろよ」

戸惑う平良の肩に強く嚙みついた。

瞬間、平良の体温がぐんと上がったのがシャツ越しに伝わってきた。

「うん……っ」

大きな手が、そろそろとシャツの裾から入ってくる。素肌に触れられただけでびくりと反応してしまった。手のひらが腰のラインを確かめるように這《は》い上がってくる。

「……ふ、っ」

胸の先に触れられて声が洩れた。平良とセックスするようになるまで、そんなところ少しも感じなかった。ゲイの自覚はあったけれど、自慰で胸を触ったことはない。

シャツをめくり上げられて、尖った先にくちづけられた。舌で転がされるたび、ダイレクトに腰骨に響いてくる。それはどんどん広がって身体中に反響していく。まとわりつく布地が邪魔だった。脈も呼吸も速くなって肌が汗ばんでくる。シャツを脱ごうとして、首のところで引っかかった。手間取っていると、やや力任せにすぽんと抜かれた。

一瞬だけ視界を隠したシャツがなくなると世界が変わっていた。目の前には、普段は絶対に見られない平良がいた。興奮を抑えつけるため、不機嫌そうに目を眇《すが》めている。

「……清居」

息を乱しながら自分を呼ぶ。ああ、やばい。意味不明な変人は消えて、自分に夢中なただの恋人が現れる。不器用にキスをしながら平良が服を脱いでいく。待ちきれないと言いたげな荒々しい動きを見ていると、頭が溶けるんじゃないかというほど興奮する。

「なあ、早く」

しがみつくと、平良はテレビボードの引き出しから潤滑剤を出した。ぬめりを帯びた指でそっと後ろを慣らされる。少し広げたらまた増えて、どんどん上がっていく熱に煽《あお》られる。平良の肩に頭を置いて、甘ったるい声を洩らしていればいいだけの時間は最高だ。

「……なあ、もうこいよ……」

「もう少し」

中で指を広げられ、びくりと震えた。男同士は準備が大事だ。怠ると怪我《けが》につながるので丁寧なのはありがたい。けれどそれとは別に、平良はしつこい質《たち》だ。セックスに限らず全体的に粘着質で、良くも悪くもこれと決めたものに延々と執着する性格なんだろう。

愛撫《あいぶ》が続くうち、快感がどろっとした水飴《みずあめ》みたいに糸を引きはじめる。筋道立ったことはなにも考えられなくなったころ、ようやく平良が入ってくる。

「……あ、あ、……やばい」

背筋がゾクゾクする。向かい合って平良を跨ぐ体勢なので、自重でどんどん入っていく。ゆるく腰を前後に揺さぶられ、それだけで背骨ごと溶けた。

「……清居、ちょっとゆるめて。もたない」

「無理……っ」

あっという間にいかされて、勢いよく出るもので腹の間がぬるぬるする。ぐんにゃりした腰を抱きかかえられ、胸の先を吸われる。頭が馬鹿になりそうなほど気持ちいい。

「おい、まだ……あ、ああっ」

熱が引かないうちに、ふたたび揺さぶりがはじまる。腰を引き寄せられ、わずかな隙間もなくなった。しっかり密着した状態でかき回されると、もうわけがわからなくなる。

「……っは、はあ、ごめ……すぐ洗おう」

息を乱しながら平良が言う。体勢的に外には出せず、二度も中に出された。

「……無理、立てない」

くったりもたれかかると、連れていくと耳にキスをされた。さすがの平良も事後は普通の恋人になる。そういう対応に飢えているので、もっと甘えたくなる。首筋にすりすりと頬をこすりつけると、つながったままの場所で平良の性器が力を取り戻していくのがわかった。

重だるい身体を抱き上げられ、風呂に連れていかれた。湯がたまる間、シャワーで中を洗い流される。タイルに手をつく体勢で、後ろから指が入ってくる。

「……おい、そこ、違……」

掻き出す目的なのに、浅い場所ばかりをいじられる。振り向くと、平良の顔は興奮で真っ赤に染まっていた。欲情でびしょ濡《ぬ》れの目で、ふたたび後ろを押し開かれる。

「……っ」

「清居、ごめん」

うなじにくちづけられ、かすれた声の息遣いと相まってぞくぞくした。自由がきく体勢のせいで一層激しい。崩れそうな腰をしっかりと持ち上げられ、何度もうわごとみたいに名前を呼ばれ、もみくちゃにされる。最高すぎて死にたくなった。

散々抱き合って、結局、大学は休むことになってしまった。仕事と両立させたいので出られるときはちゃんと出ておきたいが、こういうときはもうしかたない。

風呂から上がって、ろくに身体も拭かずにふたりでベッドに倒れ込んだ。性行為と湯で熱くなった身体がエアコンの冷気で冷えていく。平良の胸に顔を埋《うず》めた。

「なあ、撫でて」

事後は自分も素直になれる。大きな手が後頭部を撫で、濡れた髪が地肌について、ひやりとする。体温が下がっていき、肌寒さを感じたので足下でくちゃくちゃになっているシーツを爪先に引っかけた。そろそろと器用に持ち上げ、手でつかんで肩まで引き上げる。

「……ねみー」

鼻先がくっつくほどの距離で向かい合った。

「……うん、眠い」

シーツの中の空気が、ふたり分の体温であたたまってくる。

触れ合うだけのキスを交わし、同じタイミングで眠った。

うつらうつらと浅い眠りの中で、また夢を見た。

——大丈夫、大丈夫よ。いい子ね。いい子ね。

自分に背を向け、母親は弟に優しい声をかけている。

——お母さん、こっち向いて。

——お母さん、俺を見て。

——見てよ。ねえ、見てったら！


目が覚めると、至近距離に平良の顔があった。

「……はよ」

ぼそっとつぶやくと、平良もおはようと目を細めた。

「起きてたのか？」

「少し前に」

また黙って見つめていたのか。起こせと言っただろう、という文句は呑《の》み込んだ。別に構わない。違う。構わないどころか嬉しかった。寂しかった夢の続きに、今は平良がいる。

「俺を見てるとき、おまえはどんな気持ちなの？」

平良は少し考えるような顔をしたあと、

「なんにも」

「なんにも？」

「俺の中がすべて清居になるから、なんにも考えられなくなる」

「きもい」

「ごめん」

「許す」

平良の首に腕を回して胸に顔を埋めた。

平良だけが自分が望むものを完璧な形で差し出してくる。

自分自身ですら忘れていたものまで、すべてそろえて——。

「……チュー」

顔を上げ、唇を尖らせてキスをねだった。

甘ったるすぎて恥ずかしい。自分はこんな人間ではないはずなのに。

おそるおそるという感じで、平良が顔を寄せてくる。

唇が触れた瞬間、どうしようもないほどの幸せに息が詰まった。

触れ合うだけのキスじゃ足りなくなる。舌を差し出すと、しっかりと絡め取られて迎え入れられる。腰のあたりでざわりとなにかがうごめく。さっきしたばかりだ。でもまたしたい。キスを繰り返し、お互いを味わうようにだらだらと身体を重ねた。

行為のあと、今度はなんの夢も見ずに眠った。

起きたとき、また平良が自分を見つめていた。

気持ち悪く、気持ち良い。

言葉の形にはできそうにない、自分に誂《あつら》えたかのような幸福だった。

八月の終わり、実家に顔を出した。

居間のテーブルには、ハワイ土産が山ほど並べられている。

「お兄ちゃん、これ紗英が選んだんだよ」

日焼けした妹の紗英がドーナツのようなデコラティブな石鹸《せっけん》を指差す。かわいいが、大学生の男がこれをもらってどうしろと？　一応礼を言うと、妹はえへへーと嬉しそうに笑った。

「これ、俺からな」

弟の太緒が『ＡＬＯＨＡ』と描かれたＴシャツを渡してくる。

「おお、パジャマにするわ」

「ださいって言ってる？」

鼻で笑うと足を蹴られたので蹴り返した。母親がやめなさいと言いながら、これはお母さんからと無添加のピーナツバターやオイルやハワイ塩やらを指差した。身体にいいものを食べなさいといつも言われているので納得のセレクトだった。土産にも個性が出る。

「このチョコレートはお父さんからよ」

なんの変哲もない、ありふれたマカダミアンナッツチョコだった。これを買っておけば間違いないだろうという、冒険しない手堅い感じが義父らしい。そんな義父が子連れ再婚に踏み切ったのだから、心底母親に惚れたのだろうと大人になって気づいた。

「ねえお兄ちゃん、これ、向こうで撮ったやつ」

紗英がぴったりくっついてタブレットを見せてくる。暑いから離れろと言ったが、やだーと余計にくっついてくる。一緒に行けなかったんだから少しは構ってあげなさいと母親が苦笑いをし、太緒が「おまえほんと奏兄にべったりだな」とあきれる。

「お兄ちゃん、あのね、これ向こうのアイスクリーム。すっごいおいしかった」

アイスクリームだのハイビスカスだの、おもしろくもない写真ばかりだが、へえ、いいじゃんと言っておいた。レストランや海辺で家族全員で撮った写真もある。

「太緒お兄ちゃんがお肉ばっか食べてね、紗英とお母さんはパンケーキが――」

甘ったるい声で、延々と家族旅行の話が続く。以前ならうんざりして、適当なところで切り上げたと思う。今もまあうんざりしているけれど、へえとかふうんとか言いながら話を聞いている。向かいに座っている母親が小さく微笑《ほほえ》んだ。

「なんだか雰囲気が丸くなったわね」

「丸く？」

「なにかあったの？」

「別になにも」

「好きな子でもできたのかしら」

母親の言葉に、ええっと紗英が清居を見る。

「……奏お兄ちゃん、彼女いるの？」

泣きそうな顔で訊いてくる。

——彼氏ならいるけど。

とは言えず、いないと答えると紗英は安心したように笑顔になった。

「だよね。奏お兄ちゃんに釣り合う女なんているわけないもん」

「とか言って、実は一緒に住んでるの女だったりして」

太緒が混ぜっ返し、思わずどきりとした。母親が「……あら？」と疑いのまなざしを向けてくる。しょうもないこと言うなと太緒の足を蹴り、これ以上いたらなにを言われるかわからないので退散することにした。土産の袋を手に玄関に向かうと、ちょうど義父が帰ってきた。

「ああ、奏、帰ってたのか」

「土産もらいにきた」

「夕飯は食べていかないのか」

「うん。あ。チョコレートありがとね」

礼を言うと、

「あれはおまえのじゃないぞ」

と返ってきた。えっと義父を見る。

「あれは、おまえの同居人の子に買ってきたんだ。平良くんだったかな」

「なんで平良に？」

「息子が世話になってるんだ。礼を言うのは当たり前だろう」

なにを言ってるんだという目で見られ、気恥ずかしい気分になった。

「いつもお世話になってます、って親が言ってたってちゃんと伝えるんだぞ」

重ねて言われ、はいはい、とぶっきらぼうに答えて玄関を開ける。

じゃあねと振り返ると、家族全員が玄関に出てきて見送っていた。

駅への道を歩きながら、本当の家族みたいだなと恥ずかしくなった。いや。本当の家族なのだ。ただ、あんな感じだったかなと首をかしげた。思い返してみるが、前と特に変わりはないように思う。母も義父も妹も弟も、ずっとあんな感じだ。

なのに変わったように感じるのはなぜだろう？

つまり変わったのは自分のほうということか？

——なんだか雰囲気が丸くなったわね。

——好きな子でもできたのかしら。

耳たぶがおかしな感じに熱を持っていく。こういうのは苦手だ。圧倒的に苦手だ。じりじりと熱が上がっていく。忌々しく、気恥ずかしく、ごまかすみたいに舌打ちをした。

その夜、平良に義父からのメッセージと一緒にチョコレートを渡した。

「き、き、き、清居のお父さんが俺に？」

平良は硬直したあと、なぜか手にしたチョコレートを捧《ささ》げ持った。ありがとうございますと口の中でぶつぶつ何度も礼を繰り返している。激しく気持ち悪い。

「これは一生大事にしまっておこう」

「食えよ」

やはりこういう反応か。うざい。きもい。愛が重い。こんな男のせいで、自分のなにかが変わったのかと思うと腹が立ってくる。なのに、たかがチョコレート一箱にとんでもない喜びを見いだしている男は悪くない。そう思う自分もまとめて気持ち悪い。

急にいろいろなことが恥ずかしくなってきて、平良からチョコレートを取り上げた。あっと目を見開く平良の前でばりばりとセロファンを破った。

「あ、あ、ああ、あああ……っ」

絶望的な目で見られるが、知ったこっちゃない。ナッツでゴツゴツしたチョコレートを一粒つまんで口に放り込む。食べると見せかけて、砕かないよう上下の歯ではさみこんだ。そうして平良に向かって顎をしゃくり、食え、と目で訴えて顔を寄せていく。

「え、え、で、でも」

もったいなさと、清居からの口移しという事態に平良は動揺しまくっている。

――早く。

ぐっと顔を寄せると、平良は観念したように赤い顔を寄せてきた。

「うまいか?」

口移しでチョコレートを食べさせたあと、意地悪く覗き込んだ。

「……か、神々の食物の味がする」

平良は泣きそうな顔で答える。よしとうなずき、自分も一粒食べた。なんの変哲もないマカダミアンナッツチョコレートは頭が痛くなるほど甘かった。

interlude

熱烈な告白のようなもの

　さっきから一分一秒が長い。ずっと隣で黙って絵本を読んでいるちっこいの、聖ガブリエル幼稚園小麦組五歳——がいて落ち着かない。ガキは苦手なのだ。

　今日は帰宅したら、平良《ひら》の親戚である智也《ともや》がきていた。現在母親の菜穂《なほ》は妊娠中なのだが、不正出血があり、急遽《きゅうきょ》一泊入院となった。別居中なのに妊娠とは奇妙だが、夫婦には夫婦にしかわからないことがあるのだろう。ともかく、その間、平良が智也をあずかることになった。

　——智也の面倒は俺がみるから、清居《きよい》はゆっくりしてて。

　そういう事情ならしかたない。こちらも安奈《あんな》のときには世話になった。鷹揚《おうよう》にうなずいてみせたが、そのあと野口《のぐち》から緊急呼び出しがかかり、どうしても断りきれずに平良はごめんなさいごめんなさいと謝り倒して出て行った。平良め。

　——最近のあいつは、どうも油断ならない。

　野口の愛弟子《まなでし》であり、学生の身でありながら、話題沸騰だった桐谷《きりや》と安奈を撮ったグラビアが一流雑誌に掲載された。将来有望なカメラマンの卵である平良を、耳の早いモデルたちが青田買いに走っているという噂《うわさ》を聞いた。平良の気持ち悪さも知らず。愚かな女どもめ。まあ平良が浮気をするなんて地球が爆発するのと同じくらいの確率だろう。そこは疑っていないが、自分のものに断りなくベタベタさわられるのは不愉快きわまりない。

「……ねえ、奏《そう》くん」

「ああ？」

思い切り不機嫌に見ると、智也はびくりと肩をすくめた。

「あ、悪い。考え事してただけだ。なに？」

「お母さん、大丈夫かなあって思って」

「さっき大丈夫だって電話で聞いたろう。安静のために一晩入院するだけだ」

智也はしょんぼりと絵本に視線を落とした。子供相手だからといって甘ったるい言葉遣いをするのは嫌いだ。しかし不安そうな横顔に自分の子供時代を思い出した。

「明日には迎えがくる。安心しろ」

「…………でも」

智也は絵本に描かれている巨大なお月さまの輪郭を指でなぞっている。

「お母さん、このごろ赤ちゃんのお話ばっかりだもん。こないだお父さんも一緒にご飯食べたけど、久しぶりに会ったのに、お父さんも赤ちゃんのことばっかり」

「ああ、それな。下が生まれたら、おまえもっとほったらかしにされるぞ」

「え、そうなの？」

「赤ちゃんは小さくて弱いからな」

「ぼくもまだちっさいよ？　小麦組だもん」

　智也が慌てたように言う。

「バーカ、赤ちゃんはもっと小さいんだよ。仕草もあざといほどかわいいぞ。弱い生き物が生き延びるための本能と直結した手段だ。親はそれに抗《あらが》えない。おまえに勝ち目はない」

　鍵っ子時代のあとは生まれたばかりの弟と妹に両親の愛情を独占され、輝かしい子供時代をテレビ相手に過ごした自らの体験談だ。けれど悪いことばかりでもない。

「淋《さび》しいだろうけど、甘やかされた人間よりずっとハングリーになれるぞ。おまえの家は金持ちだし、親父《おやじ》は政界のプリンスだ。これだけでも超勝ち組な上に、ひとりで大丈夫ってオプションがついたら最強だろう。おまえは堂々とひとりで生きていけ。俺のように」

　足を組み替えてふっと鼻を鳴らすと、智也は首をかしげた。

「奏くんはひとりじゃないでしょ？　カズくんとお友達だし」

「あいつは友達じゃない」

「え？　じゃあ、なに？」

　返事に詰まった。さすがにちびっこ相手に彼氏だとは言えない。

「強いて言うなら……言うなら……下僕」

「げぼく？」

「掃除をしたり飯を作ったりするやつのことだ」

「お手伝いさん？　うちにもいるよ」

「そっかあ。カズくんはお友達じゃないんだ」

「ああ、違う」

そこは完全否定しておいた。平良と自分は恋人同士、それ以外の名称はない。

「奏くんはひとりでも怖くないの？」

「集団は嫌いだ」

「お遊戯もお弁当もひとり？」

「ひとりでも不都合はない」

「さびしくないの？」

「ない。平良もいるしな」

「カズくんは『げぼく』なんでしょう？」

「それとこれは別だ。おまえもひとりで自由に生きていけばいい」

「……ひとりぼっち？」

智也はうつむいた。

「まあ権利は主張しろよ。俺は赤ちゃんより先に生まれたんだって。つっても一度奪われた椅子は取り戻せないと覚悟しておけ。おまえもつらいだろうが赤ちゃんをいじめたりするなよ。そんなことしたら、お兄ちゃんなのに駄目でしょうっておまえが怒られ——」

「セレブめ」

「……うぇ……っ」

隣を見ると、うつむく智也の目から大粒の涙がこぼれていた。

「……ひっ、うっ、ぐっ、ひっく」

しゃっくりみたいな音を出したあと、ついに智也は決壊した。

「うわあぁ～ん、おかあさ～ん、あいたいよ～、うわあああああん」

――やべえええ、泣かしちまった！

そこからは優しく話しかけても、おやつをやっても、出血大サービスで恋ダンスやPPAPをやって見せても智也は泣き止まない。あああ、もうこうなったらしかたない。がきんちょの分際で生意気すぎるバーバリーのフード付きコートを智也に着せ、手編みのミトンの手袋をはめさせ、だっこでタクシーに飛び乗り、平良がいるスタジオへ向かった。智也はぐすぐす泣き通しで、清居のお気に入りのコートに鼻水をつけた。眩暈《めまい》がする。

芸能人が出入りする撮影スタジオはチェックが厳しいのだが、受付のスタッフが清居の顔を知っていたので助かった。芸能人は顔で生きていくことができる。

「おい、もうひとりで歩けるだろ」

ここまでくるとさすがに智也も泣き止《や》んでいて、しかし人恋しさを爆発させ、清居のコートにしがみついて離れない。もう鼻水は乾いてパリパリになっている。そして自分もやっと頭が冷えてきた。いくら苦手な子供に大泣きされたからといって、仕事場にまで連れてきたのはまずかった。少しの間も子供の面倒をみられないなんて情けない。

——まあせっかくだし、ちらっとだけ見てから帰るか。

スタジオを覗《のぞ》くと、ちょうど撮影が終わったようだった。女性雑誌の撮影だったのか、野口が複数のモデルに囲まれている。ファッション業界ではカメラマンはとにかくもてる。で、平良はどこだと視線を巡らすと、機材をかたづけるスタッフの中に平良がいた。ファストファッションのトレーナーにチノパンツ。平常運転のださださだが、仕事中の男は恰好《かっこう》いい。

「カズくんに会いにいかないの？」

満足していると智也が訊《き》いてきた。

「行かねえよ」

「どうして？」

「仕事の邪魔したくねえし、顔見れただけで充分だろ」

ここそしゃべっていると、「カズくーん」という甘い声が聞こえた。

「ねえ、このあとみんなで飲みにいこうよ」

ファニーフェイスのモデルが、アンブレラを調整している平良の背中にべたりともたれかかるように抱きついた。はあ？　なんだ、あの馴《な》れ馴れしい女は。しかもカズくんだと？　自分ですらまだ呼んだことがない。いや、あんなきもうざ相手にそんな気持ち悪い呼び方はしたくないが、他人に先を越されると腹が立つ。やはり青田買いの噂は本当だったのか。

「外が嫌ならうちで部屋飲みしてもいいし」

やる気満々か！　平良は黙々と作業に打ち込んで無視している。アシスタントという立場上、きつく断れないのはしかたないがむかつく。あんな女には一本背負いでも決めてやれ。とにかくあの女を引き離さなければいけない。そのためにはどうするか……。

「あー、しまったー。仕事が入ってるの忘れてたー」

恐ろしいほどの棒読みだったが、腕の中の智也がくいと顔を上げた。

「奏くん、お仕事？」

「ああーどうしようー。おまえを家に送ってやる時間がないー」

「そうなの？　どうするの？」

不安そうな智也を大丈夫だと抱きしめた。

「心配するな。おまえのことは平良がお世話してくれる」

「カズくんもお仕事中じゃないの？」

「あいつの仕事はもうすぐ終わるし、あとは真っ直《ます》ぐ寄り道せずに帰るだけだ」

お坊っちゃまで素直な智也は、そっかあとうなずいた。よし、行けと床に下ろして小さな背中を押してやると、「カズくーん」とスタジオ内に駆け出していった。

「え、智也？　なんでここに？」

ドアの陰から様子をうかがった。突然の小さな闖入者《ちんにゅうしゃ》に、誘いをかけていたモデルはあきらかにひるんでいる。よし行け、智也爆弾。ちびっこパワーでその女を追っ払え。

「あのね、奏くんがお仕事入ったんだって。ああ、じゃあ清居に迷惑をかけたのかな」

「そうなんだ。ああ、じゃあ清居に迷惑をかけたのかな」

平良はどうしようという顔でオロオロしている。よしよしとうなずいた。

「で、清居は？」

「カズくんの邪魔したくないから会わないって」

「え？」

「顔見れただけでとっても嬉《うれ》しいって」

いや、おい、待て、がきんちょ。確かにそんなことは言ったが——。

「ほんとにそんなことを清居が言ったの？」

平良がおそるおそるというふうに問う。おい、平良、いい気になるなよ。

「うん。奏くんはひとりぼっちだけど、カズくんがいたら淋しくないんだって」

平良は雷に打たれたように天を仰ぎ、悲しみと苦痛が混じったように顔を歪《ゆが》めた。

こら、がきんちょ、誰がそんな言い方をしたか。今すぐあの爆弾を回収したい。伝え方のわずかな差で、ここまで鳥肌物の健気ぶりっ子キャラになるとは日本語は恐ろしい。しかもすごく平良に惚《ほ》れているみたいに聞こえる。平良は感極まったあと、その場にくずおれた。

「カズくん、どうしたの？」

「……おそらく、俺の命はあと数分で尽きる」

「つきるってなに？」

「ごめん智也。この僥倖《ぎょうこう》の前には俺の命なんて風前の灯火《ともしび》に等しい。寝坊して昼過ぎにコンサート会場に辿《たど》り着いて目当てのグッズが完売になっていたファンの如《ごと》く」

「よくわかんない」

「死ぬ、ということだよ」

「え！　カ、カズくん、やだ、死んじゃやだ！」

「ごめん、智也、さようなら」

「……う、……うぁ、うわああ～ん」

いきなり響いた子供の泣き声に、スタジオ中の視線がふたりに集中した。智也は激しくしゃくり上げ、平良は土下座状態で床にひれ伏している。誘いをかけていたモデルはドン引きしていて当初の目的は果たせたが、この始末をどうつけるべきかまったくわからない。

——とりあえず逃げよう。

眩暈をこらえ、清居はこそこそとスタジオをあとにした。

interlude

安息はどこにある

帰り道、清居《きよい》はひどく悩んでいた。

ことは今夜の若手俳優ばかりの飲み会の席からはじまった。

みんなが自分の彼氏や彼女の恋バナで盛り上がる中、「清居くんは？」と問われ、平良《ひら》の人となりを話したのだ。育ちがよく、品がよく、確固たる信念に基づき、自らの愛に純粋に生き、一芸に秀で、将来を嘱望されている才能豊かなクリエイターであり、身長も高く、普段は無造作だが気合いを入れるとモデル並みに恰好よく、一途で料理上手で家事万能──。

嘘はついていない。

『※ただし、すべてにおいてめちゃくちゃ気持ち悪い』

という注釈を入れなかっただけだ。

それがついていたら百二十点満点の物件でもマイナスになる。つまり平良は総合マイナスの男だが、そうと知らないみんなから、そんな完璧な人間は現実にいないと総ツッコミを食らった。本当の恋愛を知らないからそんなありえない夢が膨らむのではないか？　ということはもしや清居くんは童貞？　というルートで散々酒の肴《さかな》にされたのだ。

噂《うわさ》好きな業界人だらけの飲み会なので、明日にはあちこちに広まるだろう。くそ、平良め。帰ったら絶対に文句を言おうと決めていたが、ふと、ある怖い事実に気がついた。

「もしかして、俺は、童貞なのかもしれない」

帰宅してソファに腰かけ開口一番そう言うと、平良はえっと固まった。

「どうてい？」

戸惑うように繰り返したあと、平良ははっと表情を一変させた。

「……やっぱり、そういうことだったんだ」

「そういうこと？」

「俺と清居がおつきあいしてるなんて、俺の妄想だったんだよ」

「ああ？」

「実は俺も前から疑ってたんだ。俺が清居とそんなことをしているなんて、冷静に考えてあり得ないだろう。もしかして現実の俺は事故で植物状態になってて、清居と恋人同士になってる幸せな夢を見ているのかなって。ほら『ドラえ◯ん』でもそういう都市伝説が――」

「ちげーよ」

思い切り腿《もも》を蹴ってやった。初めてのときから、風呂場でいきなりあんないやらしいことをしてきた男が今さらなにが妄想だ。自虐が一回転して厚かましいにもほどがある。

「そうじゃなくて、俺とおまえだと、おまえがやるほうだろ？」

つまり自分はやられるほうで、そういう意味で自分は処女ではないが童貞なのかもしれないという可能性に行き着いた。そしてこの問題を解決する方法はひとつだけだ。

「おまえ、俺にやられる覚悟はあるか」

「あります」

平良は即答した。そうだろうと思った。平良は自分にはけっしてノーとは言わない。しかし問題の解決法にも問題がある。自分にその気はまったくない。平良を抱く想像をしてもなにも昂《たか》ぶらない。反応しない。自分は平良に抱かれたいのだ。

「あの、清居、お言葉を返すようですが」

悩んでいると、おずおずと平良が声をかけてきた。珍しい。

「なんだ。なんでも返してみろ」

「ありがとう。じゃあ……そんなことは瑣末《さまつ》な問題だと俺は思う」

いやいや大事だろう、と思ったがとりあえず聞いてみることにした。

「そもそも清居は神聖不可侵の存在なんだし、そんな議論の俎上《そじょう》に上げることが間違っていると思うよ。アイドルはトイレにいかないって親衛隊がみんな本気で信じてた昭和時代に戻るべきだ。夢の定義ってそういうものだろう。清居が処女でも童貞でもいろいろしてても、清居がそこに存在してるっていうことがまずは尊いことなんだから」

「待てこら。いろいろしててもってなんだ。俺はそんなことしてないぞ」

「わかってる。アイドルはそんなことしない。でもたとえそうであっても関係ないってことが言いたいんだ。清居が花から花へと移り気な春の蜜蜂のようであっても、それは受粉という命の営みを支えているんだ。蜜蜂がいなくなったら、世界から野菜や果物が七割消えるかもしれないんだよ。つまり清居は心のまま移り気に羽ばたくことこそが世界を支える光で——」

「黙れ。おまえのきもうざトークはちょっと今どうでもいい」

「あ、はい」

「いいか。俺はおまえ以外とはやってない」

「えっ？」

驚かれたことに腹が立った。

「当たり前だろう。俺は惚れた男以外とは死んでもやらない」

すると妙な沈黙が落ちた。平良がぶるぶると震えはじめる。

「ほ、ほ、ほ、ほ、ほほ、ほ、惚れ、ほ、ほ、ほほほ」

盛大に詰まっている平良を前に、清居は我に返った。なにかとんでもなく恥ずかしいことを言ってしまった。平良は震えながら、デュフッと気持ち悪い笑いをこぼした。

「わ————っ、嘘だ、今のは全部嘘。俺はあっちこっちのイケメンとやりまくりだ！　当たり前だろう。平良の分際でいい気になるな！　馬鹿！　馬鹿！」

ソファのクッションでばすばす平良を殴っていると、

「……カズくん」

　リビングのドアがそうっと開き、聖ガブリエル幼稚園小麦組五歳が顔を出した。パジャマ姿で手にアヒル隊長を持って眠そうに目をこすっている。

「喧嘩《けんか》してるの？　喧嘩は駄目だよ。奏《そう》くん、おかえりなさい」

「ただいま。つうかおまえ、なんでここにいる」

「お父さんが選挙活動で出張で、お母さんも一緒にいったから」

「いつからうちは託児所になった」

　平良を見た。つい先日も預かってエラい目に遭ったばかりだ。

「ぼくがカズくんと奏くんのうちに行きたいって言ったの」

　智也《ともや》はこちらにやってきて、よいしょと清居の膝に乗ってきた。先日のあれやこれやですっかり懐かせてしまったようだ。しかしガキは苦手なのだ。速やかにどかそうと脇の下に手を入れたとき、智也が首をひねって清居を見上げた。

「奏くん、『やりまくり』ってなに？」

「あ？」

「奏くんは『いけめんとやりまくり』なの？」

「誰がだ」

「ねえ、『やりまくり』ってなにをやるの？」

「今すぐ忘れろ」

智也はいとうなずく。お坊ちゃまは素直で助かると思っていると、

「明日、お母さんに聞くね」

と言われ、ぐぬぬと奥歯を噛みしめた。菜穂《なほ》に知れたら、平良の両親の耳にも入るかもしれない。それは困る。なんとか阻止せねばと、にっこり智也に笑いかけた。

「よし智也、今夜は徹夜でDVD大会だ。智也の好きなアニメなんでも見ていいぞ。おやつも食べ放題だ。チョコレートにポテトチップス。コーラも飲むか？」

新しい情報を大量にインプットして、やりまくりの件を忘れさせるしかない。どうせ五歳児だ。アニメとおやつを与えればすぐに忘れるだろう。しかし智也は首を振った。

「こんな遅くにおやつを食べたら、朝ごはんが食べられなくなってお母さんに怒られるよ。コーラも身体に悪いから、お母さんはいつも果物でジュースを作ってくれるの。あとテレビはお父さんとお母さんがいいよって言ったものを見るんだよ」

「そういえばおまえ、恋ダンスもPPAPも知らなかったな」

このガキが超のつくセレブ家庭出身だということを忘れていた。

「奏くんDVD見たいの？　じゃあ、ぼくが持ってきたやつ見せてあげる」

すでにDVDがセットされていて、智也がリモコンを押すとテレビ画面に『おかあさんも一緒』という公共放送局の健全番組が映し出された。なるほど。セレブ家庭ではこんなものしか見せてもらえないのか。セレブも窮屈なものだとあくびをこらえていると、

「これ、お母さんも好きなんだよ」

膝の上で智也がはしゃぎ、どれどれと画面を見た。なんでもいいから智也を興奮させやりまくり疑惑を忘れさせよう。どんな退屈な幼児番組だろうと、プロの役者として大盛り上がりしてみせる。

よしこい、とウサギの着ぐるみが映っている画面を見つめる。見学の子供たちの前で、ウサギが籠に入っている林檎《りんご》を数えようとする。そこで突然ほら貝の音が鳴り響いた。ブフォオオオオーブフォオオオオーという、普段耳にしない音に不覚にもびくりとした。

「あ、出てきた。かぞえる天狗《てんぐ》」

「天狗？」

「数をかぞえるのが大好きな天狗なの。ぼくもお母さんも大好きなの」

なんじゃそりゃ。ガキのツボはさっぱりわからない。しかし画面に現れた天狗はもっとわけがわからなかった。頭襟《ときん》をかぶっていて着物を着ていて、天狗らしくでっかいつけ鼻もしているのだが、その色と形状があきらかに成人男子のアレのような……。

──放送禁止レベルじゃね？

反応に戸惑っていると、天狗はウサギが持つ籠に入っている林檎に興味をしめした。なにやら急に興奮しはじめ、天狗がウサギに林檎を数えさせてほしいと頼む。

『デユゥフッ、フッ、フヒッ、そ、その林檎、数えさせ──デュフウウッ』

——うわ、きも……っ。

これは平良が興奮しているときの笑い方だ。こんな変質者みたいな天狗を幼児番組に出していいのか。ドン引きしている清居を尻目に、智也はきゃふふと笑っている。

天狗は何度も林檎を数え、最後は興奮の極みに達し、硬直したまま、

「ア、ア、ンンン〜ッ、ッン」

と絶頂時のような呻《うめ》き声と恍惚《こうこつ》とした表情を浮かべた。

——やっば……。これは絶対に放送事故だ。

気持ち悪すぎて冷や汗が出る。しかしフィニッシュはまだだった。いきなり成人男性のアレにそっくりな天狗のつけ鼻の先端がパカッと開いて絵の具のチューブが飛び出し、ＣＧで中身までぴゅっと飛び出した。天狗のイキ顔と相まって、それは射精を想起させた。

「わーい、たくさん出たー」

凍りついている清居の膝の上で智也がはしゃぐ。やめろ。たくさん出たとか言うな。というかこれは録画なので、放送日には全国のガキがこの卑猥《ひわい》番組に「たくさん出たー」と無邪気に喜んでいたのだろうか。このプロデューサーはクビか地方行きだなと思いながら、清居は智也の手からリモコンを取り上げてぶちっとテレビを切った。

「奏くん、どうして切るの。次はバナナを数えるんだよ」

「しかもバナナか！」

智也は首をかしげた。

「奏くん、どうしたの。お顔が真っ赤だよ」

きょとんとされ、こちらを見た平良が眉をひそめた。

「本当だ。清居、熱でもあるのかな」

「おまえ、あれを見てなにも思わなかったのか」

問うと、平良もきょとんとした。

「さっきの天狗、どう見てもおかしかったろうが」

しかしふたりは「そう?」と顔を見合わせている。

「かぞえる天狗は、数を数えるのが大好きなんだよ」

「好きだから興奮してあんなふうになるんだなあ。わかりすぎてつらい」

智也と平良はうなずき合う。このガキが平良一族だということを忘れていた。

「智也、あんなもん見てたらお母さんに怒られるぞ」

「どうして? お母さんも大好きだよ?」

ブルータス、おまえもかと言いたかった。女嫌いの自分でも菜穂には好感を持っていたのだが、やはり平良一族に連なる女だ。みんなきもうざ遺伝子を隠し持っている。

「清居はどこがそんなに嫌だったの?」

「すべてだ。俺はいやらしいのは好きだが下ネタは嫌いなんだ」

「下ネタ？」

「鼻の形とか、最後に、その……絵の具がぴゅっと出てくるところとか」

改めて言葉にすると、じわじわ頬が熱くなっていく。智也は首をかしげているが、平良はようやく理解したようで、なぜか感心したようにうなずいた。

「清居は想像力があるんだね。俺はそんなの考えもしなかったよ」

「俺がスケベみたいに言うな」

「感性が豊かなんだね」

こいつと話しても無駄だとわかった。

「もういい。寝る」

膝の智也を平良に渡し、さっさと居間を出た。後ろ手に閉めたドア越しに『デュゥフッ、フッ、フヒッ、そ、そのバナナ、数えさせ——デュフウウッ』と平良と魂の双子のようなきもさ全開の天狗の笑い声に重なって、智也のはしゃぎ声も聞こえてきた。

——変態一族め。

後日、知り合いのプロデューサーに訊いたところ、かぞえる天狗はめちゃくちゃ人気があることがわかった。下ネタに思えた自分が特別スケベなのではなく、多くの視聴者もそう感じていて、その上で幼児番組なのにギリギリ攻めている感が人気らしい。最近厳しくなってきたとはいえ、日本はまだまだエロにゆるい国だと思った。

そして後日の後日、嫌なオマケがついてきた。あの翌日、業界に清居奏童貞説が広まったのはともかく、ガキのくせに細やかな記憶力をもつ智也から、

「奏くん、『いけめんとやりまくり』なんだって。それってなに？」

という質問をされて菜穂が困っているという話を平良経由で聞いて悶絶《もんぜつ》した。

やはり平良一族とは相性が悪い。

interlude

日々是災難

【SIDE　平良《ひら》】

大学と野口《のぐち》さんのアシスタントで忙殺される中、今日は久しぶりのイベント参戦だった。清居《きよ》が仕事とは別に趣味でやっている小劇団の舞台。劇団のサイトにも告知関係の記事にも清居《い》の名前はクレジットされないし、公演中どの日に出るかもわからない。

しかし恋人である自分は知っている。恋人……。ここでいつもけつまずく。自分と清居が恋人同士。そんなことがあってもいいのかと心が悲鳴を上げる。会場の裏口で葛藤《かっとう》に震えていると、向こうから女の子の群れがやってきた。集団から発される圧が高い。

——TOだ。

芸能人につく数多《あまた》のファン。その中でも頂点に君臨する最上級ファン。地下アイドル系やジャニーズ系、俳優などで呼び方は異なるが、推しのために人生を捧げる勢いで応援をする筋金入りのファンであることは変わらず、事務所と通じてファンクラブを運営管理することもあり、推しの活動を広く布教する。それがトップオタ、略してTO。

清居奏TO軍団の最前を歩くのは、界隈《かいわい》では有名なパン姐《ねえ》さんだ。年齢は二十代後半くらい、パンが好きなのかなと思ったら、同電してプライベートの清居を隠し撮りしていた女の子を腹パン一発で沈めたとかなんとか……タイソン？

ちなみに同電とは推しと同じ電車に乗ることで、他の乗り物でも同じく。地方ロケのときなど同じホテルに泊まる、ロビーで出待ちをするなども重大なルール違反である。追っかけは節度が大事。プライベートを隠し撮りなどもってのほかだ。

パン姐さんの後ろを歩くのは幹部たち。最近人気が急上昇して乱立する全国の清居私設ファンクラブをまとめている裏方の実働部隊。そしてやたらと容姿が美しいオキニたちが最後尾につく。オキニとは推しから気に入られているファンを指すが、清居はゲイで女の子に興味がないので実質はオキニではない。まあハクの一種だと捉えてよい。

高校時代、スクールカーストの最底辺で踏みつけられていた自分には、もっとも近づきたくない軍団だ。しかしTOは事務所とも通じているので、清居の極秘活動のスケジュールももらっていることが多く、やたらとかち合うのがつらい。

こそこそとさらなる隅へと移動しようとしたとき、

「ねえ、ちょっと」

と呼び止められた。おそるおそる振り返ると腕組みの幹部たちがいた。

「な、な、なな、なんでしょう?」

吃音《きつおん》が飛び出し、幹部連中が気持ち悪そうに眉をひそめた。最近では忘れていた蔑みの視線に悲惨な小・中・高時代がプレイバックした。

「ちょっと訊きたいんだけど」

「は、は、はい、はい」

「あんたが古参なのは知ってるんだけど、今日の情報どこから手に入れたの？　事務所もあたしたちも今日の清居くん出演は一切外部に洩らしてない。最近つきまといとかルール違反のファンが増えてるから、今回は劇団関係者にも戒厳令敷いてあるんだけど」

「え、えっと、そ、それは」

「あんた最近見かける回数減ってたのに、極秘イベの参戦率だけは高いって不思議だよね。どこから情報もらってんの？　それとも陰でやらかしでもしてる？」

「いえ、俺は、そ、その、清居と友達で」

「あんたと清居くんの間に接点がありそうには見えないんだけど？」

もっともだ。自分でもそう思う。

「つうかプラベの知り合いがなんで追っかけすんの？」

それは、人はなぜ呼吸をするのか、という質問と同じである。

「あんたさあ、事務所の人たちに不審くんってあだ名つけられてるよ」

そうか。納得のあだ名だ。

「いっつも帽子にグラサンにマスクってどこの変質者よ。あんたみたいのがいると、清居くんのファンのレベルが低いって思われてすっごい嫌なんだけど」

ファンのレベル！　その観点は抜け落ちていた。なんということだろう。自分は存在しているだけで清居に迷惑をかけていたのだ。これは潔く消えるしかないのか。しかし清居の追っかけができないなんて、生きる希望を奪われるも同然だ。

「なんとか言いなさいよ」

いきなり顔を近づけられ、うわっと後ずさった。その拍子に鞄《かばん》を落としてしまい、ぶちまけられた大量の清居の生写真にTOたちが目を瞠《みは》る。

「……ちょ、なにこれ」

最近、フィルム写真の勉強をしている。デジタルでも充分アナログ風に撮れると思っていたけれど、実際に自分が撮って比べてみると違う。現像技術によって同じ写真でも味わいにずいぶんと差が出る。新しい技術で一番に撮りたいものといえば清居しかなく、もちろん清居の承諾は得ているのだが、この状況では隠し撮りにしか見えない。

「あらあら、とんでもないブツが出てきたものね」

目を吊り上げる幹部たちの後ろから、静かにパン姐さんが歩み出てきた。やばい。腹パンがくる。しかしゲロにまみれようと清居との関係は口にできない。

「当然だけど、あなた、今後清居くんのイベには出禁よ。事務所にも報告するからブラックリストに載ると思ってね。チケットを手に入れても、姿を見かけたらすぐにファンクラブを通して事務所に通報されるようにします。今日限り茶の間に戻ること」

茶の間とは、テレビや雑誌などを見るだけのファンのことだ。生きる希望を断たれ、がくりと膝をついた。もちろん家に帰れば清居はいる。それも恋人として。万死に値する罪にも似た至福。しかし俳優清居奏《そう》をもう生で見ることができないなんて――。

「あっ、清居くんきたよ」

ＴＯたちが色めき立った。顔を上げると、こちらに歩いてくる清居が見えた。私服にサングラスだが隠しきれないキングのオーラ。清居はいついかなるときも光り輝いている。

「清居くん、お疲れさまです」

「舞台、頑張ってください」

声をかけるＴＯたちに清居は軽くうなずきを返し、ふと足を止めた。ＴＯたちに囲まれ地面に膝をついている自分を見ている。

「なんだ、それは」

清居の問いに、ＴＯたちがさっと視界を開けた。

「見苦しいものを見せてすみません。やらかしをしたファンです」

「やらかし？」

清居がサングラスを外して目を眇《すが》めた。ひざまずく自分を冷たく見下ろす。害虫を見るような目に、ぞくりと全身が粟立《あわだ》った。清居の美しさを一層際立たせる、こんな虫に左右されるような感情は持ち合わせていないと言わんばかりの孤高の美。

「清居くん、どうしたの？」

後ろから事務所の社長とマネージャーが追いかけてきた。プライベート出演であろうと、安《あん》奈《な》に続いて金の卵になりそうな清居に事務所も力を入れているのだ。

「ん？　平良——不審くん？　んん？　なにこの状況」

事務所の人たちがぎょっと清居と自分を見比べる。ああ、ついに事務所にまで迷惑をかけてしまった。しかも清居が大事にしている舞台の前に……。

——腹を切るしかない。

【ＳＩＤＥ　清居】

久々の舞台に意気込んで楽屋入りをしようとしたら、会場の裏口で自分の彼氏が土下座状態で自分のファンに囲まれていた。なんだこれは。どんな状況だ。

「社長、隠し撮りのやらかしです。この男、すぐに出禁にしてください」

証拠ですとＴＯのひとりが写真を差し出した。自宅で平良が自分を撮った写真だ。なぜこんなことになっているのかと黙って平良をにらみ下ろすと、平良は眩《まぶ》しげに目を細めた。大ピンチな中、なにをのんきにうっとりしているのか。このきもうざが。

「とんでもない枚数なので、警察に相談したほうがいいかもしれません」

「あー……、ちょっとそれは先走りすぎのような」

「そ、そうそう、こちらの人にも事情があるのかもしれないし」

平良が俺の彼氏だと知っている社長とマネージャーは曖昧に口を濁す。

「なにのんきなこと言ってるんですか。とんでもないルール違反です」

「つきまといは即アウトですよ。しかも隠し撮りまで」

ＴＯたちが一斉に怒りを露《あら》わにするが、トップの女はじっと社長の判断を待っている。確定するまでむやみに騒がない。ふむ。さすがトップオブトップなだけはある。

「そうだね、じゃあ……ちょっとパンちゃんとそこの彼、きてくれる」

社長の言葉に女がうなずき、平良の腕を取って立ち上がらせた。ＴＯたちが見守る中、自分と社長とマネージャー、女と平良だけで裏口から会場に入った。すれ違う関係者に挨拶をしながら、社長は使っていない部屋へと入った。

「パンちゃん、今回のことは誤解なんだよ」

社長はしっかり鍵をかけてから女に向かい合った。

「どういうことでしょう。大量のプライベートショットがあるのに。その男は清居くんと友達だと言っていました。でも友達が古参の追っかけって矛盾してますよね？」

「うん、おかしいよね。それに関しては僕たちも理由を知りたい」

社長とマネージャーはうんうんと何度もうなずく。自分も知りたいところだが、その理由はこのキング・オブ・キモウザにしかわからないだろう。

「清居くん、本当にこの男とお友達なんですか？」

遠慮がちに女に問われ、「は?」と目を眇めた。誰が友達だ、そいつは俺の男だ、俺たちは完全無欠の同棲中の恋人同士だ、と言いたいのに言えない苦しさ。平良はと見てみれば、どうしていいのかわからず薄目を開けて直立不動している。まじきもい。

「清居くん、この彼は清居くんの友達だよね。ね? ね?」

そう言いなさい、丸く収まるからという圧を社長が発する。しかしなぜ彼氏を彼氏だとすら言えないのだ。セクマイと芸能人が日常的に食らうストレスに胃がしくしく痛んだ。

「ああ、まあ……広く捉えるなら友達の一種……と言えなくもない」

これ以上ないほど消極的に同意すると、女がはっと眉をひそめた。じっと清居を見つめたあと、おそるおそる直立不動の平良に視線を向ける。みるみる青ざめていく。

「……あの、まさか、おふたりは」

女が社長たちのほうを見る。TOのトップオブトップともなると俺がゲイであることは耳に入っている。TO軍団の末席に連なるオキニはこの女が選んだフェイクだ。かわいい女を適当に関係者席に座らせておいたほうが波風立たない場合もある。

「……そんな、清居くんの彼氏はもっと……もっと……」

顔面蒼白《そうはく》でよろめく女を、マネージャーが慌てて支える。

「パンちゃん、気をしっかり持って」

「……だ、だって清居くんの彼氏が、あ、あんなのだなんて」

うっすら目に涙を溜め、ひどい……と泣き崩れる女の気持ちがわかりすぎてつらい。本当に、なぜ『あんなの』とつきあっているのか。自分でも謎だ。さっきまでムカムカしていたのに、ファンにこれほどのショックを与えたことに罪悪感が芽生えてきた。

「おい」

声をかけると、女はびくりと顔を上げた。涙でマスカラがはげてナンシー・スパンゲンみたいになっている。哀れだ。しかし平良に手出しする者は洩れなくそういう災難に遭う。高校で平良をいじめた連中、平良に目をかけた野口、彼氏の自分。理不尽なことに、悪人善人どちらも等しく、触れるものみな傷つけるガラスのきもうざ。それが平良だ。

「つらい目に遭わせたな。悪いけどよろしく頼む」

そう言うと、女は目玉が零《こぼ》れそうなほどに目を見開いた。金魚みたいに口をパクパクさせ、じわじわと首まで真っ赤に染め、ぶわりと涙をあふれさせた。

「……はいっ、この秘密は必ずや守ります。これからも全力で清居くんを応援します。清居くんの幸せがわたしたちファンの幸せなんです。彼氏さんのこともお守り——」

女は泣き笑いで平良のほうを見て、うぐっと言葉に詰まった。

「き、清居くんのため……どんな苦行も乗り越えてみせます」

とふたたび泣き崩れられ、俺はこれ以上ない歯がゆさを味わった。

悪いことをしたと思うと同時に、いや、こいつはちゃんとしたら滅茶苦茶恰好いいんだ、イケメンバージョンで飲み会に連れていったらモデルの女は入れ食いだし、原石を見抜くプロ中のプロたるうちの社長にもスカウトされたほどの逸材で、さらに外見だけではなく野口大海《ひろみ》にどうしてもと見込まれるほど写真の才能があり、将来有望なクリエイターなのだと擁護したい気持ちが湧き上がる。しかし絶対にできない。なぜなら、平良がそれらの美点を上回るほど気持ち悪い男だと誰よりも己が知っているからだ。

「じゃあそういうことで、清居くん、そろそろ楽屋入ろっか」

社長は苦悶の表情を浮かべる俺の背を押し、推しの史上最低な彼氏に泣き崩れているTOに「じゃあパンちゃん、あとよろしくね」と平良を押しつけた。さすが芸能界の荒波に長年揉まれ続けただけある。柔和な見た目とは裏腹に社長は鬼だった。

その後、平良はもちろん出禁になることはなかった。それどころかイベントでかち合うたび、TOのトップオブトップたるパン姐さんが無言で頭を下げて道を譲ることから、濃い追っかけの間でスーパーVIPの認定を受けるまでとなった。

しかしパン姐さんの態度の理由がわからず、まことしやかにあれは社長の恋人だとか、スポンサーの息子だとかいう噂が飛び交い、陰で「きも殿下」というあだ名がつけられた。

とりあえず、平良の生きる希望は奪われることなく、清居や社長やパン姐さんの苦悩は深まったのだった。

50/50

その日、カメラサークルの部室へ行くと異様な雰囲気が漂っていた。カーテンが引かれた暗い室内にキャンドルが円形状に配置され、その中心で部長が目を閉じて座禅を組んでいる。

「平良《ひら》、なんで入らないの……ん？」

平良の肩越し、室内を覗き込んだ小山《こやま》が眉をひそめた。続々と部員がやってきて、みな小山と同じ反応をする。みなに注目される中、部長はううと唸《うな》り声を上げはじめた。

「駄目だ、メディテーションなんかじゃ俺は救われない……っ」

首をかしげるみんなの前で、部長は床に突っ伏してむせび泣いた。

別れても好きだった地元の元彼女が授かり婚をしたという噂を聞き、激しく落ち込んだ部長は精神の均衡を保つためにメディテーション、平たく言うと瞑想《めいそう》に励んでいたらしい。部員はみな、それは落ち込みますね、神も仏もないと部長を慰めた。別れたんでしょ、さっさと忘れて前を向きましょう、などというポジティブな人間はここにはいない。代わりに、

「部長、瞑想しましょう」

誰かが言い、え……と部長がそろそろと涙で濡《ぬ》れた顔を上げた。

「みんなで一緒に友好的な瞑想を研究しましょう」

「そうだ。ひとりより大人数のほうがシンクロ効果が出るかも」

みんながうなずき、いそいそと座禅を組み始める。無論、平良も参加した。

普通なら酒を飲んで馬鹿騒ぎして気を紛らすとか、前の彼女よりもかわいい女の子を紹介するなどという方法が取られるのだろうが、部長は愚痴るよりも内へ内へとこもる人で（だからこそのメディテーションである）、酒はビール二杯で眠たくなるし、かわいい女の子を紹介するといっても、みんな彼女がいなくて人に紹介する余裕はない。リア充なら「地獄かよ」の一言だろうが、朱に交われば赤くなる、もしくは最初から朱は朱、赤は赤で寄り集まることが多いのも常である。ここは似たもの同士のささやかな楽園なのだ。


「久しぶりのオフだったのに悪いな」

玄関で靴を履きながら清居《きよい》が言う。学生業と芸能活動の二足の草鞋《わらじ》を履く清居と、学生業と野口《のぐち》のアシスタント業の二足の草鞋を履く自分。互いの休日が合うことはなかなかない。今日はお互いオフのはずが、清居に急な撮影が入ってしまった。

「終わったらすぐ帰る。五時、いや無理だな。六時までには帰る」

「仕事なんだから気にしないで。今日は俺もしたいことがあったし」

「少しは気にしろよ」

清居がぼそりとつぶやいた。

「え？」

「なんでもない。じゃあ行ってくる」

清居を見送ったあと、平良は寝室へ向かった。昨日サークルから借りてきた暗幕と、帰りに女子向けの雑貨店で買ってきたものとアヒル隊長を持って居間へと移動する。

——さあ、やろう。

普通のカーテンの上から暗幕をかけると、室内が一気に暗くなった。パソコンを立ち上げてテレビとつなげる。ソファとテーブルを端に寄せ、紙袋からキャンドルを取り出してサークル状に並べていく。一緒に買った白檀《びゃくだん》のお香もセットして火をつける。

——ああ、いい匂いだ。

やはりこれにしてよかったと、立ち上る煙に目を閉じた。いろんな種類のお香があったけれど、白檀は精神を沈静させつつ意識を高みへと引き上げてくれるらしい。

昨日は傷心の部長を慰め、みんなで効果的なメディテーションについて話し合った。

メディテーション、あるいは瞑想。

仏教において、煩悩を退け、苦しみから解脱する行為。

目を閉じて深く静かに思いを巡らすことという解釈もあるが、みんなで調べたところ、それは西洋的な考えであり、東洋的に瞑想は『無』の状態を指すらしい。

日々の不安や憂いというネガティブなものから解放されるだけでなく、日々の喜びというポジティブなものからも解放されるという部分に平良は刮目《かつもく》した。

ＳＮＳでは暗黒面を封じた楽しいつぶやきや写真のみがアップされ、溜息《ためいき》をついたら「幸せが逃げるよ」と非難され、暗いことを言ったら「言霊って知ってる?」というツッコミが四方八方から入る、ポジティブ地獄ともいえる現代社会の中で、善とされているものすら魂の負荷であると定義し、寂静《じゃくじょう》をこそ最上とする、いわばブッダが認めた超高度な引きこもり術に、平良は限りない安らぎを見いだしたのだ。

平良にとって、ここ最近の日々は安らぎとは無縁のものだった。まず朝起きたら清居が隣にいるという現実に安らぎを見いだせるはずがない。雷に打たれたような衝撃とともに目覚めるのだ。向かい合って朝食を食べる、今日は六時くらいには帰るよ、うんわかった、いってきます、いってらっしゃい、おかえり、ただいま、お風呂沸いたよ、それらすべてが平良にとっては非日常、おはようからおやすみまで衝撃と同義語の煌《きら》めきに満ちた日々。

しかも今は野口のアシスタントもしている。本来なら道ですれ違うこともなかったおしゃんな一流カメラマンの助手として、芸能界というリア充界の頂点に位置する選ばれし者だけのキングダムで日々仕事をしている。たまに野口のお供で飲み会にも連れ出される。煌めく殿上人オーラに当てられてふらふらしながら家に帰ると、清居奏《そう》というキング・オブ・キングダムが待っている。この暮らしのどこに平穏があるだろう。人にはそれぞれ器というものがあり、器以上の水を注がれたらあふれて溺れるしかない。溺死しそうに苦しい無上の歓《よろこ》び。

——幸せすぎて苦しいなんて、こんなことでは清居に対して申し訳がない。

——もう少し精神の均衡を保つ術《すべ》を身につけなくては。

少し前に辞めたお菓子工場のことを思い出した。あれはいい空間だった。みな黙々と作業に打ち込み、レーンを流れてくる金色の菓子に金色の栗《くり》を一粒置くという行為は、絢爛《けんらん》たる歓びに蹂躙《じゅうりん》された平良の心をひっそりと優しくなだめてくれた。

ふと見ると、もうお香が燃え尽きていた。一本の燃焼時間が約二十五分とあったが、いつの間にそんなに経《た》ったのだろう。すでにメディテーションに入っていたのだろうか。新しい一本に火をつけ、サークル状に並べられたキャンドルの中央で座禅を組んだ。

しかし、自分の目的は『無』になることではない。激しく輝かしい日々の中で、否応なく失われていくものの復活と、それによって得られる平安が真の目的である。

自分が欲するもの。それは清居を堪能《たんのう》する時間。

朝から晩まで忙しく、最近は高校時代から撮りためている清居のフォトアルバムの整理も追いつかない。毎日プライベートスナップを撮っているのに、それを一枚一枚確かめて、色味や風合いの調整をし、かわいいフォルダ、美しいフォルダ、神フォルダなどに分類し、さらに午前編とか午後編とか夜編とか居間編とか寝室編に分けながら、コレクションが増えていく愉悦に心を打ち震わせて満足を味わう時間がない。これはかなりつらい。

好きな人と一緒に暮らしてるんだからそれでいいじゃない、という意見は浅はかとしか思えない。音楽、映画、小説、芸術の分野に属するものと相対するときは、こちら側のコンディションも大事なのだ。心がざわめいているときは、その真価を味わい尽くすことはできない。実物の清居と一緒にいるときは、清居という存在を受け止めるだけで精一杯なので、ひとりゆっくりと思い返し、咀嚼《そしゃく》し、自分をニュートラルに入れ直す時間が必要なのだ。

しかし、もう昔のように、だらだらと使える時間はない。

そこで、メディテーションである。日々の憂い、日々の歓び、ネガティブなものも、ポジティブなものも、すべて平坦に均《なら》した寂静たる精神の部屋で清居と向かい合うのだ。足りない時間を精神性で補い、意識を高め、コスモを燃やし、己の存在すべてで清居を感じるのだ。

平良は深く呼吸した。座禅の足の間にアヒル隊長を置き、パソコンを操作してバッハのミサ曲ロ短調をかける。荘厳な音楽が流れる中、清居のアルバムをスライドショーに設定した。つなげられた大型テレビの画面にパソコンと同じスライドショーが映る。美しい清居、かわいい清居、神ってる清居。だんだんと頭の芯が痺《しび》れてくる。

暗幕で光を遮られた暗い部屋に流れるミサ曲ロ短調。

ゆらゆらと揺らめくキャンドルの炎は1/fゆらぎ。

細くたなびくお香の煙と、精神を寂静へと導く白檀の香り。

四角い光の中に、次々と現れては消える清居。

ふいに、ずずっと引きずり込まれる感覚が生まれた。自我が小さな黒点に呑《の》み込まれ、限界まで収束されたところから、ぶわりと膨らんで放出される。空間が斜めに傾《かし》ぎ、宇宙空間のようなところへ投げ出される。光を放つテレビ画面を通じて清居が現れる。

放課後の音楽室。清居は窓際に座っている。午後の光が清居を照らし、逆光に輪郭がくっきりと浮かんでいる。連続して撮られた写真の中で清居がぎこちなく動く。こちらを向き、カメラのファインダーに向かって口が小さく動く。なにか言っている。

——き。

——も。

——い。

清居が眉根を寄せる。ああ、美しい。すごい勢いで引きずり込まれて、意識だけがどんどん拡大して、今いる場所がどこなのかわからなくなる。

「……清居」

存在ごと揮発してしまいそうな多幸感に震えた。

□■□■

「……まじであいつが怖い」

撮影のあと、清居はたまたま同じスタジオにきている安奈《あんな》と話をした。

「忘れ物取りに家に帰ったら、なんかインドっぽい匂いがすんだよ。そんでちょっと怖い音楽が大音量で流れてて、なにしてんだろうってこっそり覗いたらリビングが真っ暗で、お香が焚《た》かれてて、円形に置かれたキャンドルの真ん中で平良が座禅組んでんだ」

「座禅？」

「足の間には俺がやったアヒルの人形が置いてあって、テレビに映った俺の写真、平良が撮ったやつがスライドショーで流れてて、平良はそれ見ながらぶつぶつぶやいてんだ。ぼうっとしてんのに目の奥が爛々《らんらん》と光ってて、やばい薬でもキメてんのかと思った」

「なにかの儀式なの？」

「わからない。もうまじビビったつうの。一緒に暮らしはじめてあいつのきもさにも慣れてきたと思ったらこれだ。あいつはあっさり俺の理解の斜め上をかっ飛んでいく」

「どうするの。男にもメンヘラっているんだよ。ちょっとつきあい考え直し——」

「もうちょっとでいいから、あいつのきもさをマシにできないかな」

「え？　別れる方向じゃなくて、更生の方向に行くの？」

「は？　なんで別れなきゃいけないんだ」

思い切り眉根を寄せると、安奈は返す言葉を失った。

「なんだよ、その反応」

問うと、ううん……と安奈は静かに首を横に振った。

「平良くんの彼氏は、清居くんにしか務まらないんだってわかった」

「俺だって好きで務めてんじゃねえわ」

舌打ちでスマホを見たら、もう六時前だった。

「あ、やば。今日は早く帰るって平良に言ったんだった。じゃ、またな」

駆け足でスタジオを出て行く背中に、

「健気《けなげ》すぎて泣けてくるわ」

という安奈のつぶやきは届かなかった。

彼と彼のよくある出来事

interlude

平良《ひら》の一日は衝撃と共にはじまる。目覚めるとまず隣で眠る清居《きよい》の寝顔におののく。天使のような美しさに一瞬息が止まるのだ。しかも今朝は小さく開いた口から微量のよだれを垂らしているという激レアな寝顔だった。幸福と同量の苦しさに耐えながら三分ほど見とれ、しっかりと網膜に焼きつけたあと、起こさないようそっと起き上がり、ベッドサイドに置いているカメラを構え、震える手で天使を撮った。そして抜き足差し足で寝室を出て、静かにドアを閉める。キングの眠りを妨げることなく、二度とはない今日という朝の清居をカメラに無事収めるという、本日一発目のミッションを遂げられたことに安堵《あんど》した。

朝食を作っていると清居が起きてくる。いただきますと手を合わせて向かい合ってご飯を食べる。ふっくら炊けたご飯、なめこと豆腐の味噌汁《みそしる》、焼き鰆《さわら》はふたりでわける。

「今日の約束、大丈夫か？」

味噌汁を飲みながら清居が尋ねてくる。もちろんと平良はうなずいた。今夜は清居の友人たちとの飲み会という神々の宴に参加することになっている。

「服、下は細身のブラックジーンズな。シャツは先月買ったピンクのにしろ」

「……ピンク」

「気に入らないのか？」

「ま、まさか。クリーニングに出してるから取りに行こうと思って」

答えながら、濃い目のスモーキーピンクに一部分だけ白黒のビッグストライプという大胆なデザインのシャツを思い浮かべた。絶対自分などには似合わないと思ったが、試着してみると逆にクールで格好良かった。さすが清居だ。今着ているウニクロのシャツが三十枚買えるとんでもない値段だったが、清居の隣に並ぶための必要経費だと思えば安い。

ふたり一緒に家を出るが、大学が違うので先に清居が電車を降りる。じゃあなと背を向け、ドアが閉まったあと、こちらに向いて小さく手を振ってくれる。細くて美しい指の隙間から金色の粒子がこぼれているように見える。ギリシャ神話のミダス王のように、清居は触れるものすべて、空気すら黄金に変えてしまうのだろうか。

幸せな気分に浸っている間に大学に着き、すとんと夢から覚めた。雑に講義を受け、雑に食堂で昼飯を食べ、サークルに顔を出すと、小山《こやま》がみんなに野菜を配っていた。農業を営んでいる実家から頻繁に野菜が送られてくるのだが、ひとり暮らしの男が消費できる量ではなく、そのたびサークルで配っているのだ。小山がこちらにやってくる。

「はい、これ平良の分」

野菜が詰まったスーパーの袋を手渡される。じゃがいもが重い。

「ありがとう。でもこんなにたくさんは」

「いいんだよ。遠慮しないで」

「いや、じゃがいもは今うちにもいっぱいあって」

「食べられるよ。ふたり暮らしなんだから」

ふたり、という部分を心なしか強調された。笑っているのに小山の目は冷たい。

「そ、それに今夜は約束があって持って帰れないし」

「デート？」

「飲み会だよ」

「平良が飲み会って珍しいね。清居くんもいるんだ？」

答えられないでいると、

「やっぱりこれもあげるね」

と小山は後ろにいたメンバーの袋から、ふさふさとした葉っぱが立派な大根を引き抜き、ずぼっと問答無用で平良の袋に突っ込んだ。ずしりと重みが増す。じゃあねーと小山は部室を出て行ってしまい、平良は重すぎるスーパーの袋を手に途方に暮れた。

「喧嘩《けんか》でもしたのか？」

部長に問われ、いえ……と答えた。小山とはいろいろあった。今は友人になったし、いつもは普通なのだが、時折ああいう感じになる。まるで地雷のように、どこに埋まっているのかもわからず、踏んだかどうかもわからず、気づいたときには爆発している。強引に分類するなら終わった恋の相手ということになるのだろうが……正直めんどくさい。

しかし自分と清居の関係にも、いつか終わりがくるのだろう。もしも奇跡が起きて、清居が終生自分のそばにいてくれたとしても、いつか死が訪れる。そのことを考えると巨大な渦に巻き込まれていくような焦燥に襲われる。

果たして死はどんな形で訪れるのだろう。自分が先に逝くのか。それとも清居が先に逝くのか。清居の死――どくんと心臓が大きく爆《は》ぜて、今この場で死にそうになった。清居の臨終場面に立ち会うとき、間違いなく自分もショックで死ぬだろう。つまりは置いていかれることなく、愛する清居と同時に召されるという至福の終焉《しゅうえん》を迎えることができる。

問題は自分が先に死ぬ場合だ。自分亡きあと、清居のお世話は誰がするのだろう。清居はジャンクフードが好きだが、朝は比較的和食を好む。特に焼き魚。塩鮭《しおざけ》や鰆が好きで、鯖《さば》やサンマは好きではない。そして焼き魚は清居の中では朝ご飯のカテゴリで、好きそうだからと夜ご飯にも出したらしゅんとされた。あれは大失敗だった。朝は淡泊、夜はがっつり。しかし初物のサンマだけは別で、秋になると一回は夕飯に食べたくなると言われた。

清居のそういう日本人的繊細な感性は素晴らしいと思う。それ以降、普段の夕飯には唐揚げやハンバーグやエビコロなどの清居が好む献立を心がけるようになったが、清居は芸能人なのでウェイトコントロールには気を遣わなくては――考えているとピロリンと携帯が鳴って思索が途切れた。野口《のぐち》からラインだ。嫌な予感がする。

『二日酔い　味噌汁』

予感は当たった。野口のアシスタント業に力を入れるため、先日、工場の夜勤を辞めた。業務の難易度はともかく、時間的に少しは楽になると思ったが、そんなことはまったくなかった。野口は売れっ子カメラマンとして激務をこなし、頻繁に飲みに繰り出し、夜明けごろ帰ってきて、本気でやばいときは平良に味噌汁コールをしてくる。だからあれほどあさげを常備しておくよう頼んでいるのに。逆らったら破門と言われるので渋々出向く。

「……ひーらー……きぼぢわるい……」

様子を見に行くと、ベッドで野口が死んでいた。無精髭《ぶしょうひげ》にボサボサ頭、ボクサーパンツ一枚で枕を抱いている姿に、いつものスタイリッシュな売れっ子カメラマンの面影はない。しかも部屋全体がめちゃくちゃ酒臭く、平良はマスクをかけて窓を開けた。

「人を菌扱いすんな。まあ、そのふさふさしてんの見たらおまえの師匠愛はわかるけど」

野口が起き上がり、袋からはみ出している立派な大根の葉っぱに目を細めた。

「これは……過去の地雷原から生えてきたものです」

なんじゃそらという目で見られた。とりあえず平良は台所に向かい、地雷大根の葉で味噌汁を作った。ついでに野菜を消費するため大根の身は細切りにしてツナの出汁《だし》と一緒に炊き込みご飯、じゃがいもは甘辛煮、絶命寸前の卵があったのでだし巻きを作っておいた。

「すぐにつまめるよう、ご飯はおにぎりにしておきました」

そう言うと、しみじみと味噌汁を飲んでいた野口がこちらを見た。

「おまえは意外と嫁力が高いよな。たまにプロポーズしたくなるわ」

「気持ち悪いです」

「おまえにだけは言われたくない」

「じゃあ、これで失礼します」

「待て。ついでに風呂入れてきて。バスタブの掃除も」

「無理です。今日は六時から用事があって、その前にクリーニング屋にも――」

「過去の大根話を清居くんにバラすぞ。どうせ元カレとかなんだろ？」

平良は硬直した。野口は意地の悪そうなニヤニヤ笑いをしている。

「初めて会ったとき、絶対こいつ童貞だなって思ったもんだが。おまえもやるもんだねえ。清居くんみたいな高嶺《たかね》の花を落として、さらにベタ惚《ぼ》れされて一緒に暮らして、まだ過去の男引きずってんの？　清居くんが知ったら怒るだろうなあ」

「ひ、ひ、ひ、ひっ、ひっ、ひ、ひ、ひひひ」

引きずってなどないと言いたいのに、動揺しすぎて吃音《きつおん》が止まらない。どうどう、落ち着けと肩を叩《たた》かれて深呼吸を繰り返した。野口はまだニヤニヤしている。味噌汁でエナジーチャージをして完全に復活している。やっぱり助けにくるんじゃなかった。

そのあと師匠力ですべてを吐かせられた。

「そいつといい清居くんといい、こんなののなにがいいのかさっぱりわからんな」

上から下までじろじろとチェックされた。

「おそらく神の采配ミスかと」

「だろうな。まあでも変人に惚れるとあとが大変なのはわかる。良くも悪くも他がインパクト薄く見えて、いつまでたってもズルズルズルズル伸びた麺を啜《すす》るように引きずって……」

思い切り不愉快そうに野口は天井を見上げる。妙に実感がこもっていて経験者のようだ。そのとき壁の時計が五時四十五分を指していることに気づいて目の玉が飛び出た。

「じ、じ、じ、じ……っ、ふっ、ふっ、ふーっ」

「なんか産むのか?」

時間がない。服を着替えていないと詰まりまくっていると、しょうがねえなあと諸悪の根源が立ち上がり、クローゼットの扉を開けた。

◇◇◇

その日、平良は二十分も遅刻してきた。

野口に呼び出されていたらしいが、師匠とはいえ、自己責任の二日酔い男の世話を優先して自分との約束に遅れるなんて、あいつは恋人と師匠のどちらが大事なんだ——と腹を立てながら我に返った。昭和の恋愛ドラマみたいな台詞《せりふ》を自分が吐くなんて!

腹立ちは収まらず、むすっと駅で待っていると平良が走ってきた。

——え。

「き、清居、遅れてごめん。あの、これ、ふ、服なんだけど、着替えに帰る時間がなくて野口さんが貸してくれたんだ。駄目だったら着替えてくるから」

ブラックスキニーにブラックジャケットの王道コーデだが、前髪をワックスで固めて上げているのでめちゃくちゃワイルドに見える。それでいてジャケットの仕立てがいいので品がある。清居好みのカジュアルコーデとはまた違う、初めて見る野口スタイリングな大人の野性を感じさせる平良に清居は言葉を詰まらせた。

——平良のくせに、かっこいい……っ。

「清居？　あの、どうする？　着替えに帰ろうか？」

おそるおそる窺《うかが》ってくる平良の腕をがっつとつかみ、大股で店に向かった。誰が着替えさせるか。この格好いい男が俺の彼氏なのだ。前に清居奏《そう》童貞疑惑をラインで回したやつらめ、おののいてひれ伏せ。女は目をハートにしろ。まあ俺の男だけどな。ふっ。

飲み会は清居の天下で終わり、帰ってからめちゃくちゃやりまくった。

エターナル

清居《きよい》と別居し、入れ替わりスタートした野口《のぐち》との同居生活。最初は不安ばかりだったが、少しずつコツがわかってきてスムーズに日常が進行していく。

それはありがたいのだが、困った事案も発生している。今夜も野口は飲みに出かけ、帰りは午前さまだった。もう慣れているので解錠音で目が覚める。べろんべろんで玄関で寝ようとしている野口を担いで、寝室か味噌汁《みそしる》かのコースを尋ねた。

「みーみーみー」

「味噌汁ですね」

リビングのソファに野口を転がして台所に向かう。作り置きしている金色の出汁を冷蔵庫から取り出し、鍋に移し、温めて味噌をとき入れる。その間にネギを刻む。野口は酒のメのときは具なしでネギだけを入れてほしがる。

「……沁《し》みる」

味噌汁でほこほこし、満足してソファで寝ようとする野口をふたたび担ぎ上げ、寝室に放り込んでミッション完了。ここまで一切の滞りがなかった。

「もしかして、俺に気を遣ってませんか？」

翌朝、平良《ひら》は野口に尋ねた。

「なんのために？」

野口は首をかしげた。

「俺に面倒をかけないように……とか」

「なんで俺がおまえにそんな気を遣わなきゃいけないんだ」

「わかりません」

「遣ってねえよ。そういうのが嫌だから恋人も家に入れないのに」

野口は生のトウモロコシで作ったクリームスープを飲み、うまい、とうなずいた。

「あー、なんていうかなあ。おまえみたいに夜中に鍵の回る音だけで起きて、酔っ払って午前さまの俺を一言も叱らず、うまい味噌汁作ってくれて、寝室に連れていってくれて、次の朝もちゃんと起こしてくれて、俺が食べても食べなくても朝食用意してくれて、仕事のスケジュールも把握してくれて、機材の準備も整えてくれて、かたづけもしてくれて、おつかれさまでした、おやすみなさいって優しく言ってくれるやついないかな？」

「給料を払えばいると思います」

「俺は男のロマンの話をしてんだよ」

「そういう話なら俺にはわかりません」

「でもおまえ、清居くんとはそういうつきあい方してんだろ？　朝から晩までご奉仕ばっかかでなにされても叱らない。俺との暮らしとなにが違うんだ。同じじゃないか」

　平良は眉をひそめた。

「どこが同じなんでしょう。まず清居が何時に帰ろうが叱るという発想がおかしいです。キリストやブッダが布教活動に出かけ、帰りが遅くなったからといって怒る弟子がどこの世界にいるんでしょう。そこはおつかれさまでしたと足を洗わせていただく場面では？」

「ストップ、清居くんトークは禁止」

「野口さんが振ったんです」

「俺が振るのはいいの。おまえがそれに乗ってトークするのは禁止」

なんという勝手さだろうかと平良は唇をかんだ。清居の話が禁止されている野口家は魂の牢獄に等しい。しかし迫害されるほどに強くなるのが信仰というものだ。野口自身は尊敬する師匠なので島原《しまばら》の乱は起こせないが、その分、毎晩寝る前に祈りを捧《ささ》げるようになった。

「あの、話を戻してもいいでしょうか」

「なんだっけ？」

「野口さんの暴挙に手心が加えられているのではないか、という話です」

「だから加えてない。俺は自由に生きてる」

「もっともっと自由に生きてください。俺が許しを乞うほどに」

「ドMなの？」

「……そうじゃなくて」

平良は朝陽《あさひ》の差し込む都内の豪華なタワーマンションで悲嘆に暮れた。清居との別居だけでもつらいのに、野口家での清居トーク禁止令、さらに平良を蝕《むしば》むのは清居本人からの清居奏《そう》検索禁止令だ。離れて暮らしていても、ファンとして雑誌やネットで清居を応援できればまだ耐えられるのだが――。

「清居から言いつけられたことは絶対なんです。なので野口さんに無理難題をふっかけられ、それをクリアしたら清居を検索してもいいというルールを作ったんです」

「そのマイルールを作った時点で、清居くんの言いつけを破ってることに気づけよ」

「だから野口さんにはもっと傍若無人にふるまってほしいんです」

「都合の悪いことは聞こえないふりか。本当におまえは卑屈ぶりながらも全力でオレ様を貫く斬新なスタイルの持ち主だよな」

「野口さんはもっと悪人でいてください」

「俺に悪事の片棒を担がせるな」

「じゃあ雨の中、段ボール箱に捨てられてる子猫を拾ってくるとかはどうでしょう。猫のお世話は俺がします。大変そうだからお世話の褒美として検索をしてもいいという――」

「おまえがいつまでもここにいて、猫と俺の世話もしてくれるならいいけど」

「それは無理です」

「じゃあ、もうなんでもいいから俺をもっと苦しめてください。もういっそ西太后《せいたいごう》のように一度の食事で百皿用意しろとか要求してください。それをクリアしたら検索を——」

「なら却下」

「じゃあ、おかわり。うまい」

コーンクリームスープのカップを差し出され、平良はとぼとぼと台所へ向かった。明日からスープは一杯分しか作らないでおこう。そうすればおかわりを所望されたら一から作り直さなくてはいけないし、それを受難として清居を検索してもいい……駄目だろうか。

「おまえさあ」

野口がおかわりのスープを飲みながら平良を見た。

「西太后とか猫とかじゃなくても、充分苦労してるだろう？」

「俺がどんな苦労を？」

「写真。まだテーマもなんも決めてない分際で」

「あ……、でもあれは……」

どう言えばいいのだろう。うつむいて口ごもっていると、

「あれは苦労じゃないってか？」

小さくうなずいた。そうだ。あれは自分にとっては苦労じゃない。身に余る期待に自分が応えられるかどうかの問題で、あれを苦労というのはおこがましい。

「ま、第一関門突破か」

「？」

「好きなことを仕事にするのは楽しい。けど、それ以上にしんどい。それを労と思わないやつじゃないと、好きなことを仕事にはできない。そもそも好きなことしてんのに、最初から苦しいって泣き言言うやつなんか使い物にならないからな。けど客観的に見れば、おまえは充分しんどいことをやってんだ。だから、もういいだろ」

「いいとは？」

「清居くんの検索をしてもいい」

「え、でも、それは都合がいいような」

「すでに都合のいいマイルールを作ってるやつに言われたくねえわ」

野口は舌打ちをすると自分のスマートフォンを操作し、ほらよと最新の清居の画像を見せてくれた。駄目だ、これは見てはいけないと咄嗟《とっさ》に手で目元を覆ったが——。

「指の隙間から見てんじゃねえか」

「ア、アクシデントですが、こうなってしまってはしかたありません」

平良は渋々を装って手をどけ、失礼しますと画面を覗き込んだ。

——か、か、かわいい……っ！

「かなり太ったよなあ。前に比べて十キロは増えてるんじゃないか？」

「そうかもしれません」

蕩《とろ》けそうな目で画像に見入った。平良が知っている清居よりも格段にふくよかになっている。清居奏と言われて思い浮かぶクールビューティーな印象より、『システィーナの聖母』の下に描かれた天使のような、ふんわりと柔らかな頬の清居に目を奪われる。

「おまえは生きてるだけでストレスの塊なんだから、見たいもんは我慢せず見て余計なストレスを溜《た》めず、余力はすべて個展開催に注ぐんだ。いいな」

はい……と苦渋の表情でうなずいた。清居の言いつけを破るなんて恐ろしいけれど、こんな天使のような清居を見てしまってはもう歯止めは利かない。

その日から、ネットで清居の成長を確認することだけが平良の癒やしとなった。日ごとにふくふくしていく清居を見ているうちに、街で赤ちゃんを見かけるとかわいいなと思うようになった。今までそんなことを思ったことはない。赤ちゃんはただの赤ちゃんだ。

しかし今や清居に似ているものはすべて美しいしかわいい。今までなかった感情回路が開いていく。離れていても清居は自分を変え続ける。清居は偉大なキングである。

今日は朝から浮き足立っていた。大学は昼で自主的に切り上げ、清居が出演するチャリティイベントへと駆けつけた。人気アーティストや若手俳優が多数出演し、その中には安奈《あんな》絡みで一悶着《ひともんちゃく》あった桐谷恵介《きりやけいすけ》もいる。なにごともなければいいが――。

開場前だというのにもう大勢のファンが集まっていて、平良も久しぶりにキャップにサングラス、マスクという追っかけスタイルで最後尾につけた。ああ、別居して数ヶ月、今日こそリアル清居が見られるのだ。少し前に沖縄《おきなわ》で遭遇したけれど、あれは逃げる清居の後ろ姿だけだったし、あとは扉越しに話しただけで清居の顔を見ることはできなかった。

——でも別れ際、キスをしてくれた。

目を閉じ、神に祈るようにあのときのシーンを回想していると、

「あいつ、まじきもい」

周りの女の子の囁《ささや》きが聞こえた。しまった。ここは公共の場だった。今日は他の芸能人のファンも多くきているのだから、清居のファンとして、推しの恥になるような行動は慎まねばと慌てて背筋を正すと、後ろから目立つ軍団がやってきた。並んでいるファンたちをかき分け、ずんずん前へと進んでいく軍団に、きもい発言をした女の子が文句を言った。

「ちょっと、なに横入りしてんのよ」

瞬間、隣にいた子がやめなよと止めに入った。

「やばいって。あれ清居奏のTOだよ」

「え、じゃああれが噂《うわさ》のパン姐《ねえ》さん？」

文句を言った女の子が目を見開く。

「そう。清居奏を隠し撮りしてたファンの女を腹パン一発で沈めた伝説の女。今日はあちこち

のＴＯがそろってるけど、清居奏のとこは武闘派がトップだから逆らっちゃ駄目」

「やばい。聞こえてたら殺される」

女の子がビビって目を逸《そ》らすも、パン姐さんは長い髪をなびかせて振り向いた。一緒に取り巻きの幹部連中も振り返り、ド迫力に平良もビビった。

芸能人につく数多《あまた》のファン、その頂点に君臨する最上級ファン。ジャンルによって呼び方は変わるが、人生での最優先事項が推しであることが共通定義となっている。パン姐さん率いる清居奏ＴＯ軍団は事務所とも通じてファン全体に目配りをし、ＳＮＳなどを駆使し清居奏の芸能活動を全力布教する火力段違いのトップオタ、略してＴＯなのだ。

「あ、あの、すみません。パン姐さんだとは知らなくて」

引き返してきたＴＯ軍団に謝る女の子を無視して、パン姐さんは平良を見た。そしてクール一徹だった表情をふんわりとほどき、恥ずかしそうに頬を赤らめて微笑《ほほえ》んだ。

「殿下、いらっしゃってたんですね。ご挨拶もせずに大変失礼いたしました」

パン姐さんとＴＯ軍団が深々と平良に頭を下げ、周りがざわついた。

「ここは一般待機列ですし、殿下も前のほうのお席にいらっしゃっては？」

「え、あ、い、いえ、俺はここで結構です」

「でも久しぶりの参戦じゃないですか」

「大丈夫、本当に大丈夫なんで」

「……そうですか？」

パン姐さんは残念そうな顔をした。

「でも見えにくいエリアだったら、いつでも前にいらしてくださいね」

それでは失礼いたしますとパン姐さんが去ったあと、

「殿下ってなに？」

「清居奏のファンって皇族いるの？」

「あんな不審者が？」

「きも殿下（笑）」

というひどいヒソヒソ話と遠巻きの視線に平良はさらされることになった。

パン姐さんとは最悪の出会いだったが、今は友好関係を築けている。とはいえ使用する言語が違うので、同じ推しを崇拝するファンとして、「ロシア語は記号にしか見えないけどあなたが推しを大好きなのは伝わる」とか、「日本語チンプンカンプンだけどあなたの推しに対するクソでか感情はわかる」という薄膜一枚通してのおつきあいに留《とど》まっている。

今はTOのトップオブトップであるパン姐さんと数名の幹部にのみ、平良が清居の彼氏であるという事実が知らされている――一ファンとして非常に切ない気持ちでいっぱいだ。

元々、清居がゲイだとパン姐さんは察していたそうだが、きっとアポロンのような美しく逞《たくま》しい彼氏を想像していただろうに、出てきたのが自分のような底辺では……。パン姐さんたちは飲めない現実を無理やりに飲み込み、その後、イベントでかち合うと礼を尽くしてくれるようになった。もう土下座で感謝と謝意を示すしかない。清居にも申し訳ない。

トップのパン姐さんたちがそうなのだから、当然他のファンも平良を尊重するようになった。しかし理由がわからず、大手スポンサーの身内だとか事務所関係者だという噂がまことしやかに囁かれ、それまでの『不審者』とか『きもうざ』という蔑称から『殿下』へと呼び名がクラスチェンジされて今に至っている。

——ファンのみなさま、俺なんかが清居の彼氏なんて万死に値しますよね。

ひたすら小さくなって耐えていたが、イベントがはじまった瞬間に追っかけ魂が爆発してすべてを忘れた。ああ、いよいよ生で清居が見られるのだ。じりじりしながら今か今かと待ち続け、ついに司会者が清居の名前を呼び、舞台袖から清居が現れた。

ああああああああああ——。

清居いいいいいいいい——。

美しいいいいいいいい——。

かわいいいいいいいい——。

すべての語彙を一瞬にして殲滅《せんめつ》させられたそのとき、

「引っ込め、デブ！」

観客席から野次が飛び、あらゆるファンで満員の会場が静まりかえった。戸惑いのざわめきが広がっていく中、スタッフジャンパーを着た男たちが叫んだ女のもとへと駆け寄る。

「デブのくせにイケメン面すんな！　てめえは安奈とくっついとけ！」

スタッフふたりに引きずるように連れていかれながら、女はなおも叫び続けた。一体なにが起きているのか。会場中を暗い囁き声が埋め尽くす。

「なにあれ。デブって清居くんに言ってるの？」

「あー……、なんか最近激太りしてるしね」

「でも騒いでんの桐谷くんのファンばっかでしょ。あそこイカれてるよね」

「まあでもホラ、桐谷くんは安奈とのアレコレがあったから」

「じゃあ桐谷くんか安奈を叩けばいいのに」

「なかなかそうストレートにはいけないっしょ」

「推しの熱愛がつらいのはわかるけどさあ、桐谷ファンはちょっとやりすぎだよ」

去年の事件がきっかけで、桐谷恵介の一部ファンが清居のアンチになり、SNSで清居の体重増加を揶揄《やゆ》していることは平良も知っていた。けれどまさかこんな――。

「ちょ、うわ、最前やばいことになってるよ」

「なにあれ。乱闘？　清居くんと桐谷くんのTOじゃない？」

前のほうの席で双方のファンがつかみ合いの喧嘩をしていて、それをパン姐さんが力ずくで引き離している。しかし騒ぎは拡大するばかりで、イベントの取材にきていたテレビカメラが突然のアクシデントである客席の騒ぎを撮っている。平良は拳をにぎりしめた。

清居と別居して三ヶ月。清居の言いつけを破っているという申し訳なさと恐ろしさに怯《おび》えながら最新画像を盗み見るだけの自分は、今日という日を死ぬほど楽しみにしていた。それをこの愚民どもめ。おまえら全員、清居が統治する金色の王国に住む資格はない。

「清居———っ」

気づいたら叫んでいた。

この広い世界でたったひとつ輝く自分だけの星に向かって。腹の底から、力の限り、愛を叫び続けた。俺の敬愛するキングを穢《けが》すものは何人たりとも許さない。

最初に叫んだ桐谷のファンの女の子と一緒にまとめて会場から放り出された。せっかくのイベントだったのに清居を見られたのは何十秒という悲しい結末だった。

「……謝らないからね」

ぼそりとしたつぶやきの主を見ると、こちらをにらんでいる女の子と目が合った。

「あんた、清居の古参だよね。知ってる。イベントで何度も見かけた」

言われてみれば、平良のほうも女の子に見覚えがあった。けれど平良は清居の追っかけしかしていない。ということは、この子は清居のイベントにきていたのだろうか。

「わたし、去年の安奈とのあれこれがきっかけで桐谷くんの担降りしたの。降りたくなかったけど、なんかもう安奈とつきあってる桐谷くんを見るのがつらくなって」

気持ちはわかる。恋人や配偶者込みで応援するのが真のファン道だとわかっていても、感情をコントロールしきるのは難しい。心の底ではやはり少し寂しさを感じるのが人間だ。

「そういうの、ファン失格だってわかってるけど、友達に言っても芸能人にマジ恋とか馬鹿にされるし、どうしていいのかわからなくなったんだよね。で、なんか気づいたら清居のこと調べまくってて、大嫌いなのにイベント行って悪口言いまくるようになった」

くすぶり続ける推しへの愛情込みで、感情のぶつけどころが清居しかなかったのだろう。今まで推しに捧《ささ》げていた愛情すべてが、シャツを裏返すようにくるりと憎しみに変わり、いつの間にか清居へのアンチ行為が彼女のすべてになってしまったのだ。

「あたし、謝らない。だって清居のせいなんだから。全部清居が悪いんだから」

そう言う彼女の顔は苦しみに歪んでいて、自分のしていることが間違っているとわかっていて、そんな自分が嫌いで、お願いだから助けてよと訴えているように見えた。

「……きみが清居に謝る必要はないよ」

平良が言うと、彼女は慰めを期待したかのような縋《すが》る目をした。

「だって一番迷惑をこうむってるのは桐谷さんだと思うから」

「え？」

「桐谷恵介には他の芸能人にアンチ行為をするひどいファンがついてるって、きみがテレビカメラ越しに全国に公表したんだ。一般の人は中傷されて清居くんかわいそうだねって同情するし、それは桐谷くんへの漠然とした悪印象として残ると思う」

「なんで？　桐谷くんは関係ない。悪いことしたのはわたしなんだから」

「推しの顔に泥を塗るっていうのは、『そういうこと』なんだよ」

彼女は目を見開いた。その目にみるみる涙があふれてくる。生まれて初めて女の子を泣かせてしまった。慰めたほうがいいんだろうか。けれどそれも違う気がした。

「俺はもう行くね。悪いけど、きみを助けられるのはきみしかいないから」

目にいっぱい涙を溜める女の子から目を逸らし、平良は踵《きびす》を返した。

偉そうなことを言った自分が恥ずかしかった。ついこのあいだまで自分もダメダメだったくせに。自身と向き合うことが怖くて、自ら作った卑下の殻に閉じこもっていた。

今でも自分と向き合うのは怖いけれど――。

そのことに気づけたのも、そこから踏み出す勇気をくれたのも清居だ。あの子がどれだけ泥をなすりつけても、清居を汚すことはできない。清居は愛想もないし物言いもきつい。でもそれ以上に自分に厳しい。強くて綺麗《きれい》な星だ。平良は空を見上げ、スマートフォンで一枚撮った。イベントは見られなかったけれど、せめて今日の思い出がほしかった。

もう会場には入れない。その分、イベントの様子が気になった。自分が叫んだことで騒ぎが大きくなっていたらどうしよう。神に祈るように手を組んだ。神さま、どうかイベントが滞りなく進みますように。清居が理不尽な目に遭いませんように。いつでも幸せでありますように。

自分にはなんの力もない。ただ祈ることしかできない。

清居のことを祈りながら会場の周りをぐるぐると何周も巡っていると、スマートフォンが震えた。パン姐さんから『石ころです』宛にダイレクトメールがきている。パン姐さんとはツイッターをフォローしあっているが、怖いので今まで絡んだことはなかった。

——まさか俺が叫んだことでイベントがめちゃくちゃになったんじゃ？

——その罪でTOから袋だたきにされるんじゃ？

パン姐さんの伝説のボディブローをくらってゲロの海に沈む自分を想像して震え上がった。しかし清居の大事なイベントを潰したのだから甘んじて罰を受けよう。ああ清居、今までありがとう、さようなら。覚悟してダイレクトメールを開くと、

『殿下、おつかれさまです、おかげでイベントは大成功でした。これから打ち上げをするのですが、殿下さえよければご参加願えないでしょうか。厚かましくてごめんなさい♡』

最後のハートが一番怖かった。リアルのパン姐さんは武闘派だが、SNSだと絵文字を使う。しかしイベントは大成功ということで、平良は胸をなで下ろした。あそこから挽回《ばんかい》するだけでなく大成功だなんてさすが清居だ。またもや清居に救われた気分だった。しかしTOの打ち上げは怖すぎる。丁重にお断りすると、すぐに返事がきた。

『残念です。いつか「清居会」に参加していただけるよう願っています♡』

──清居会？

とんでもなく魅惑的な響きに抗えず、三十分後、平良はＴＯがイベントの打ち上げをやっているダイニングバーにお邪魔した。確かに『清居会』という名前で個室が予約してある。魔力に引き寄せられるようにきてしまったが、これは世にいう女子会ではないのか。女子会？　子供のころから平良にとって女の子は恐怖の対象だった。

──平良くん、なんで普通に話せないの？

──なんで「か、か、か」ってなるの？

──平良くんって気持ちわるーい。

体育の授業で男女ペアを組むとき、平良は最後まで売れ残り、「じゃあ平良くんはここに入ってね」と先生に適当なところに放り込まれ、相手の女子から嫌そうに顔をしかめられ、人さし指でちょこんとつながれるのが常だった。

『女子』もしくは『会』と名のつくもの全般と相性が悪く、ふたつが合体した女子会は平良にとって鬼門・裏鬼門のように最大限の努力でもって避けたいものだ。なのに清居会という響きの誘惑に抗しきれなかった。一体どんなアウェイの洗礼が待ち受けているのか……。

「し、失礼します」

おそるおそる中に入った瞬間、平良は硬直した。

十人ほど入れる個室の壁いっぱいに清居のポスターが貼ってあり、テーブルの一角に設置されたタブレットでは清居が出演したドラマが流れている。それも清居の出演シーンばかりをまとめた総集編のような作りになっている。隣のブックスタンドには写真集が飾られ……、ん？　写真集？　清居はまだ写真集は出していないぞ？　よく見ると、それは手作りフォトブックだった。素人の人たちなのにちゃんと製本されている。写真自体もなかなかのものだ。プロの技術とはまた違う、『推しへの愛』に依《よ》る奇跡ショットの数々。

「殿下、ようこそいらっしゃいました」

立ち上がったパン姐さんをはじめ、幹部はみな清居の顔がプリントされたTシャツを着ている。会場ではすごくおしゃれな服を着ていたのに、今は火力最大限のオタ集団だ。そもそもトップオタと呼ばれる集団は推しのイメージを損なわないよう、いつ誰から見られてもいいように公的にはむっちゃおしゃれをがんばる——らしい。どれだけ急いでいても髪を巻いたり伸ばしたり、メイクはばっちり決め、ファッションにも手を抜かない。

それはけっして自分をよく見せるためではなく、

『○○くんのファンって素敵な子が多いよね』

という推しに恥をかかせないための努力である。見た目だけでなく、立ち居振る舞いにも気をつける。一般通行人に迷惑をかけないよう、待機列は乱さず静かに並ぶ。お年寄りがきたら

席を譲る。荷物を持ってあげる。鞄《かばん》には常に推しのグッズをつけておき、

『○○くんのファンは優しい子が多いんだねえ』

と最終的に推しの高評価につなげる。要するに、限られた人生のすべてを推しという名の他人に捧げているのである。この愛の深さと困難さを理解していただけるだろうか。

「あ、あ、あの、イベントおつかれさまでした。今日はいろいろご迷惑を……」

詰まりながら挨拶をすると、みんながうわっと一斉に話し出した。

「迷惑なんてとんでもない！」

「殿下のおかげでがらりと流れが変わって素晴らしいイベントになりました！」

「打ち上げにおいでいただき光栄です！」

テンションの高さに平良はあとずさった。

「そ、そうなんですか。よかった」

「イベントの成功は、殿下のお声がけの力が大きかったです」

「そう、あのとき殿下が叫んでくれなかったらどうなっていたか」

「わたしたちの周りでも、ファン同士が乱闘になりかけて大変だったんですよ」

パン姐さんが溜息まじりに頰に手を当てる。しかし平良は目撃した。騒ぎの最前線で、つかみ合っている双方のファンをパン姐さんが軽々と引き離していた。直後に引き離された桐谷ファンがしゃがみ込んでいたので、おそらく何発か入れたはずだ。怖いので追及は避けた。

「桐谷ファンの清居くん叩きはちょっと異常だよね」

「ほんと。闇討ちしてやりたいくらい腹立つわ」

「おばさんが多いからだよ。おばさんってSNSでだけ声が大きいんだよ」

「リアルじゃなんの楽しみもないんだろうね」

女の子たちが口々に桐谷ファンを罵る。やはり怖い。

「ええ、だからわたしたちは同じ穴のムジナにならないように気をつけましょう」

パン姐さんがいらだった空気を鎮めるように厳かに言った。

「清居くんを応援するために誰かを中傷する必要なんてないわ。逆にそんな卑しいものを清居くんの目に入れないよう心がけましょう。清居くんに捧げるのは愛だけでなくては」

「……っ、そ、そうですね。わたしったらアンチに引きずられて……恥ずかしい」

「みんな、祈りましょう。清居くんが常に幸せでありますように」

「はい、幸せでありますように」

パン姐さんを筆頭に、幹部全員が神に祈るように手を組んで祈りを捧げはじめた。

——……なんだ、この集まりは。

平良は雷に打たれたような感動に浸った。ひたすら清居を信じ、讃《たた》え、誰のことも傷つけない。迫害に耐え抜き、けっして悪に魂を明け渡さない信者の集い。それが清居会。

「さあみんな、せっかく殿下がいらしてくれたんだから、改めて乾杯をしましょう」

パン姐さんが平良のグラスにデキャンタの赤ワインを注いでくれる。どうもどうもと頭を下げながらグラスを持った。

「では、『清居会』への殿下のご列席に感謝して」

乾杯と平良が言いかけたとき、

「エターナル！」

と全員が高らかに声をそろえた。

「エタ……？」

平良はまばたきを繰り返した。

「あ、すみません。『清居会』では乾杯の音頭は清居くんへの永遠不滅の愛を意味するエターナルと決まっているんです。恐縮ですが、殿下にもぜひご唱和願えれば」

平良は感激を通りこして震えはじめた。こんな素晴らしい会があっていいものか。こんな女子会があるなんて知らなかった。この世の奇跡だ。清居、ありがとう。

「では改めて、清居くんの永遠の幸せを願って。エターナル！」

歓喜の極みでグラスを掲げ、みんなでエターナルと声をそろえた。

そこからはあのドラマの何話のあのシーンの笑顔が神だったとか、バラエティでふいにワイプで抜かれたときの気の抜けた表情がかわいかったとか、たまにアホ毛が立っているのが至高、というただのよくある熱いファントークがはじまった。

別居三ヶ月、野口宅で禁止されている清居トークを平良も大爆発させた。どれだけ清居への愛を語っても引かれるどころか、かぶせるようにさらなるトークが返ってくる。

——清居会、素晴らしい！

楽しい時間を過ごしたあと、みなバラバラに帰っていく。さようならの代わりにエターナルと手を振り合う。最後にパン姐さんとありがとうございましたと挨拶を交わした。

「あの、殿下」

真顔のパン姐さんと目が合った。

「厚かましいお願いで恐縮なんですが、最後に握手をしてもらえませんか」

「え、あ、はい」

同志の誓いだろうかと手を差し出すと、パン姐さんがおそるおそる平良の手を両手でにぎった。盗み撮りしていた女の子を腹パン一発で沈めたという伝説の拳に手を包まれる。

「この手に清居くんが触れてるんですね」

パン姐さんは目を細めてつぶやいた。

——あ……。

微笑んでいるのに泣いているようなパン姐さんの表情に胸が締めつけられた。

推しの幸せが自分の幸せ。応援できることが自分の幸せ。それは揺るぎない真実だが、推しとの間にある永遠に越えられない距離に胸が痛むときもある。真のファン道とは神に選ばれし者の茨《いばら》の道なのだ。

「今日、清居くんの恋人が殿下で本当によかったと心から思いました」

「……パン姐さん」

「いつまでも清居くんの笑顔を守ってくださいね」

そう言うと、パン姐さんはいつもの気強い表情に切り替わった。

「それでは殿下、エターナル」

背中を向けたパン姐さんに、

「エターナル」

と平良も返した。死んでも推しの顔に泥は塗らないと誓い、真実のファン道を歩いていく誇り高い背中を平良は見えなくなるまで見送った。


「——という魂を清められるような素晴らしくも切ない会でした」

「おまえら、馬鹿なの？」

野口があきれ顔で味噌汁を啜っている。今朝はナスとベーコン。最初に出したときは拒否反応を示されたが、飲んでみると気に入り、今ではなにを出しても受け入れてくれる。

「野口さん、俺の話をちゃんと聞いて…あ、そうか、朝は頭が働かないんですよね」

「自分たちのほうがまともみたいに言うな」

「あ、ワイドショーを見なくちゃ」

「聞けよ」

テレビをつけると、やはり昨日のイベントのことをやっていた。大物芸能人が多数出演していたチャリティイベントでの騒ぎなだけあり、かなり尺が取ってある。司会者もコメンテーターも清居に同情的で、イベント自体も清居大勝利な結末で平良は心の底から安堵した。

「つうかさ、これ、おまえだろ?」

野口がテレビを指さした。

『清居は誰よりも綺麗だ――』

『清居奏は夜空に輝く星だ――』

『誰よりなにより綺麗だ――』

『清居――、愛してる――』

テレビでは、キャップにサングラス、マスク姿の不審な男が愛を叫んでいる姿が何度も繰り返されている。男性コメンテーターが、「清居くんは女の子のファンばっかりだと思ってたけど、男の子のファンもいるんですねえ」と笑っている。

「俺じゃありません」

「どう見てもおまえじゃないか」

「人違いです」

野口にはイベントでの騒ぎは省き、清居会のことだけを報告していた。自分がイベントに行ったことを清居にばらされては困るからだ。断固として認めなかった。

仕事まで少し時間があったので清居業をすることにした。清居の最新情報をチェックし、よき情報にはいいねを押し、できれば昨日のことをつぶやきたいけれど清居会のことは洩《も》らせない。あの感動を分かち合えないことを残念に思いながらツイッターを開き、平良は首をかしげた。フォロワーが一気に増えていて、通知欄がすごいことになっている。

なにごとだと確認すると、リプライがたくさんきていた。

『はじめまして。以前から「石ころです」さんのツイートを拝見していました。今日のイベントのこと聞きました。石ころさん、清居くんを守ってくれてありがとうございました』

『石ころさんが殿下だったとは驚きです。しかし納得しました！』

『殿下の愛が清居くんを救ったと思います。フォローさせていただきました』

え？　え？　ええ？　なぜ『石ころです』がイベントにきている殿下だとバレているのだ。

焦りのあまりリビングを高速で周回していると野口がやってきた。

「おい、マグロ、そろそろ仕事だぞ」

「あ、あ、野口さん……っ」

事情を説明すると、野口がどれどれとリプライを遡って調べてくれた。理由はすぐに判明した。平良は会場を追い出されたあと、思い出にと撮った空の写真をツイッターに上げた。その端にちらっと映り込んだビルの看板から会場近くで撮られたものと判明し、それが『殿下』が追い出されたすぐの時間で、そこから過去に殿下が参戦したイベントと、『石ころです』の過去ツイートが照らし合わされ、殿下＝『石ころです』と確定されたらしい。

「こいつら、ファンなのかどっかの諜報員《ちょうほういん》なのかどっちだ」

「推しの情報はなにひとつ洩らしたくないという、愛ゆえに鍛え上げられた情報収集能力のたまものです」

「その能力をもっと別の場所で生かせば世の中のためになるんじゃないか？」

「無理です。これらは推しのためにのみ発動される呪文のような能力なんです。そんなことより、これ、どうしましょう」

「どうもしなくていいだろう。帽子とサングラスとマスクで顔を隠してるんだし、平良一成《かずなり》っていうリアルの情報が抜かれたわけじゃないんだから」

「でも清居には俺が『石ころです』だとばれているんです」

「それが？」

「もしツイッターをチェックされたら、俺がイベントに行ってたことがばれます」

「おまえが会場で叫んだ時点で清居くんにはばれてると思うぞ」

「そうでしょうか」

「テレビカメラにまで抜かれてるのに、ばれてないと思えるおまえの精神構造がすごい。そのポジティブさを写真に活《い》かせないのか」

「俺は会場の後ろのほうにいたので、ステージ上にいる清居が俺みたいな底辺の姿を目に入れたとは思えないんですけど」

「だとしても声を聞いたらわかるだろう。二年も一緒に住んでる彼氏の声なんだから」

「清居が俺の声を覚えている？」

　平良は眉をひそめた。

「おまえも清居くんの声は覚えてるだろ？」

「俺と清居を同列に語るのはどうかと思います。清居は夜空に輝く星で——」

「ストップ、そこまで。清居くんトークは禁止。そんなに気になるならストレートに自分を見たかどうか聞けよ。おまえ彼氏だろう」

「それはただの自白じゃないですか」

「ああ、もううっせえな。貸せ」

　いきなり野口が平良からスマートフォンを取り上げた。止める間もなくラインの画面から「おはよう、元気？」と清居に送られてしまい、平良はまばたきを繰り返した。

「これになんの意味が？」

「これで普通に返ってきたら、昨日のことはばれてないってことだろうが」

平良は目を見開いた。

「野口さんは天才ですか？」

「いまごろ気づいたのか」

「前から知ってました」

師弟同士で微笑み合っていると、ピロンという音が鳴って清居から返信がきた。さっそくの返事にふたりで画面に飛びつくと、

『はよ。元気』

という短い、しかしいつもと変わりない朝の挨拶が目に飛び込み、平良は安堵のあまり床にくずおれた。大丈夫だ。ばれてない。

「よかったな、平良」

「はい。すべて野口さんのおかげです」

平良は立ち上がった。これで心置きなく仕事に専念できる。

「まあ直接会ったときが見物だな。けど意外と彼氏には甘いからお咎《とが》めなしかも」

靴を履きながら野口がなにかつぶやいている。

よく聞こえなかったが、まあいいかと平良は上機嫌でマンションを出た。

眩《まぶ》しい朝の空を見上げ、清居が今日も明日も永遠に幸せであるようにと願った。

清居、エターナル。

あるふたつの視点から探る、
愛と青春の逆走について

◆Sep. 20.　Sou Kiyoi

沖縄《おきなわ》旅行から帰宅した翌日、起きると昼を過ぎていた。

ベッドでだらだらしながら、平良《ひら》のことを思い出した。青い海、煌《きら》めく波打ち際でビキニ姿のアイドルと戯れている姿。朽ち果てた廃病院で全裸でうずくまっている姿。どれもこれも激しくムカつくし、気持ち悪いし、ロマンティックな切なさが一向に訪れない。

——まあそれでもキスはしたからいいか。

ふっと息を吐いて目を閉じた。二度寝をし、次に起きると夜だった。連日忙しく、久しぶりによく眠った。軽くシャワーを浴び、サングラスと帽子で変装し、近所の定食屋に出かけた。先日たまたま見つけたのだが、細い路地の奥で老夫婦がやっているひっそりとした店で、いつ行っても客がいない。どうやって経営を成り立たせているのか謎だ。

「ミックスフライ定食大盛りと天とじ卵うどん」

「いつもよく食べるねえ。いい子いい子」

腰の曲がったお婆《ばあ》さんがにこにこと厨房《ちゅうぼう》へ戻り、お爺《じい》さんに注文を伝える。しばらくすると料理が出てくるが、こういう路地裏の店にありがちな隠れた名店、ということもなく、どちらかというとまずい。だから繁盛していないのだろう。そして老夫婦は俺が芸能人であることも知らない。おかげで人目を気にせず大食いができるので重宝している。

「はい、サービスだよ」

お婆さんがやってきて、おにぎりと卵焼きと筑前煮《ちくぜんに》の小鉢がついた盆を置いた。サービスというかもうひとつ定食がきた感じだ。普通はありがた迷惑だ。しかし絶賛増量活動中の俺はありがとうございます、いただきますと頭を下げる。

「礼儀正しいねえ。いい子いい子」

とお婆さんは厨房へ戻っていく。俺は決死の覚悟で箸を動かした。

満腹すぎて苦しい腹を抱えて店を出た。体重は着々と増えているが、もっともっと太らなければいけない。コンビニで夜食用にシュークリームを買って帰ると、玄関の電気がつかなかった。球切れだろうか。もう一度押すとついた。接触不良だったようだ。

◆同日　Kazunari Hira
六時起床。個展のための写真準備。

九時、朝食準備と野口《のぐち》さんを起こす（三度目で起床）。

朝食後、野口さんは打ち合わせ、俺は大学へ。

十六時〜二十二時まで撮影二件。

撮影終了後、野口さん行きつけの小料理屋で遅い夕飯をおごってもらっているとき、名波《ななみ》さんが合流してきたので嫌な予感がした。老舗写真雑誌『ヒカリグラフ』の編集長だが、ほぼキャバクラの話しかしない。自他共に認めるキャバクラ評論家だ。

「野口くん、気に入りの女の子が誕生日だからつきあってよ」

やっぱりそんなことを言い出した。野口さんはビールグラスを片手に、いいよーと軽く答える。売れっ子カメラマンとして忙しい毎日を送りながら、夜遊びにも手を抜かない。

体力全盛期の大学生である自分がへろへろなのに、この世代の人たちは一体どうなっているんだろう。世代ではなく人種の問題か。一流の人たちはたいがい元気だ。自分には一生わからない領域だなと、そろそろと帰り支度をはじめると、

「なに帰ろうとしてんだよ」

横から猫の子のように襟首をつかまれた。

「え、帰りますけど?」

「おまえもくるんだよ」

「結構です」

「若いうちはなんでも経験しとけ。そのうち絶対役に立つ」

「キャバクラが?」

「清を撮りたきゃ濁も見ろ。でなきゃそれが清かどうやって判断すんだ」

ぐうの音も出ない。しょぼしょぼと野口さんと名波さんについてキャバクラへと向かう。

「お、なかなか粒ぞろいだな。平良、好みの子を隣に呼べ」

「いません」

即答すると、居並んだ女性たちから鼻で嗤《わら》われた。メイン客は名波さんと野口さん、おまえごときものの数ではないわという目だ。はい、そのとおりです。

「右から二番目の子とかいいんじゃないか。清居くんに似て——」

「似てません、全然、欠片《かけら》も。足下にも」

「座頭市《ざとういち》並みに斬って捨てるなよ」

野口さんと話している横では、名波さんが誕生日はやっぱり泡だよねーとシャンパンを下ろして女の子から喝采されている。ああ、疲れた、早く帰って眠りたい。

午前三時帰宅。野口さんに味噌汁《みそしる》を飲ませて寝室に放り込んで本日の仕事終了。ベッドで清居の写真を眺める。美しすぎる夢に誘われるように一分で就寝。

◆Oct. 3. Sou Kiyoi
今日は仕事のあと、安奈《あんな》と飯の約束をしている。

芸能人御用達《ごようたし》で、完全個室の焼肉屋で待ち合わせ、まずはビールで乾杯した。お互い忙しいので会うのは一ヶ月ぶりくらいになる。脂ののったカルビで白米をもりもり食べながら、近況報告として沖縄廃病院平良全裸事件のあらましを語った。

「やめて、それ以上聞いたらトラウマになりそう」

途中で安奈が耳を塞いだ。

「廃病院で全裸の男に追いかけられるなんて、『狂った一頁』を思い出しちゃう」

衣笠貞之助《きぬがさていのすけ》が川端康成《かわばたやすなり》らと製作した古いアバンギャルドホラー映画だ。精神病院で無数の男女がひたすら踊りまくるシーンが悪夢のようで、鑑賞中になぜか平良を思い出した。

「彼氏じゃなかったら俺もトラウマになってたと思う」

「逆よ、彼氏だったらなおのこと耐えられない」

「しかたないだろ。それが平良なんだから」

「……清居くん、ほんとかわいそう」

「うっせえわ。それよりさっさと食えよ。焦げてんじゃん」

こんがり焼けた特上ロースを安奈の皿に放り込んだ。

「あー、やめて。わたしタレのお肉はいい」

安奈はロースを清居の皿に移し、自分はサラダをつまんだ。ダイエットか。女優は年がら年中体重と闘っている。しかし安奈は嬉《うれ》しそうに目を伏せた。

「今夜は桐谷《きりや》くんとお泊まりだから、ニンニク食べたくないの」

「ああ？」

顔を歪《ゆが》めると、安奈は待ってましたとばかりに身を乗り出してきた。

「向こうが夏ツアーで忙しくて、最近は全然会えなかったの。まあそれは毎年のことだからしかたないんだけどね。やっと一息ついたから、今夜はこのあと桐谷くんちに行くの」

ありふれた恋する女な安奈を見ていると、マスコミが勝手に作った悪女イメージがいかにいいかげんなものかわかる。俺も安奈と同じく生意気と言われるので共感が生まれる。しかし社長や菅《すが》さんからは「清居くんの場合は誤解じゃなくて真実の姿だから」と流される。

「だったら先に言えよ。焼肉じゃなくて他の店にしたのに」

「ついさっき連絡きたんだもん」

安奈はトマトをちまちまとつまみ、実はね、と切り出した。

「来年あたり、そろそろ一緒に暮らそうかって相談してるの。やっぱりつきあってるのに滅多に会えないってつらいじゃない。精神的にもしんどいし」

「気持ちはわかる」

「わからないわよ。清居くんとこはずっと一緒に暮らしてるじゃない」

「野口さんに弟子入りしてから忙しくてすれ違いばっかだったぞ。今だって別居中だ」

「清居くんとこはいろいろ特殊だから」

「あのな、何度も言うけど俺は普通だ。向こうが特殊設定なだけだ」

「じゃあ別れれば?」

「無茶言うな」

即答すると安奈は溜息《ためいき》をついた。

「ほんとに好きなのね」

からかう口調だったら我慢ならなかったが、しみじみとしていた。平良とはまったく別の意味で、安奈も様々な葛藤《かっとう》やトラブルを越えて国民的スターとつきあっている。迂闊《うかつ》に誰とも共有できない恋の悩み相談で盛り上がっていると、安奈のスマホに桐谷から連絡がきた。予定より早く仕事が終わったらしい。しかしまだ料理が全部きていないので、だったらここに呼べよと俺のほうから提案し、十分後、桐谷恵介《けいすけ》が現れた。

「清居くん、久しぶり。ごめんね、急に邪魔しちゃって」

「いいですよ。おつかれさまです」

例の騒動以来、桐谷とはプライベートでも話す仲になった。十年以上トップを張っているベテランアイドルだけあり、頭のいい真面目な男だ。しかし今夜は事情が違った。

全国ドームツアーも終わり、久しぶりに彼女に会って気がゆるんだのか、桐谷はビール二杯でほろ酔いになり安奈といちゃいちゃしはじめた。幸せそうなふたりの前で、俺は死んだ魚の目で脂ぎったカルビを貪るしかない。ムカついたので石焼きピビンパを追加した。

「安奈、ほらカルビ焼けてるよ。あーん♡」

桐谷が安奈の口に肉を持っていく。

「わたしはいい。太っちゃう♡」

こちらもほろ酔いの安奈が唇を尖《とが》らせる。

「太ってる安奈もかわいいよ♡」

「やあだ、もう♡」

ふたりは俺が彼氏と別居中ということを完全に忘れている。腹の底から湧き上がる怒りにまかせ、俺は黙々とニンニクのホイル焼きをサンチュで包んだものを作った。

「ごちそうさん。じゃあ俺はそろそろ帰るわ」

えっ、とふたりがこちらを向いた。

「もう帰るの？」

「まだいいじゃないか」

「お邪魔だろうし」

「そんな気を遣ってくれなくていいのに」

今のおまえらを前に気を遣わないやつがいたらお目にかかりたいわ。滅びろ。

「いいって。久しぶりに会ったんだろう。それより少しは食えよ」

俺は鷹揚《おうよう》に笑い、ニンニク爆弾入り特製サンチュを安奈の口に持っていった。サラダだと安心し、はーいと素直に咀嚼《そしゃく》する安奈を確認したあと、ミッションコンプリート……と俺は店を出た。おまえら、このまま無事にすむと思うなよ。平良との別居を決めたのは自分だし、他人に八つ当たりするのはよくない。が、今回あいつらはいちゃつきすぎた。

近所のコンビニ前でタクシーを降り、夜食の肉まんとどら焼きアイスを買って帰宅した。玄関で灯《あか》りをつけようとしたら、ぱちっと音がして一旦ついた灯りが切れた。またか。調子が悪かったので菅さんに業者を手配してもらったばかりなのに。怒りに拍車がかかった。

◆同日　Kazunari Hira

五時起床。個展のための写真準備。

九時、朝食準備と野口さんを起こす（四度目で起床。ひどい）。

十一時から二十時まで雑誌のグラビア撮影。長丁場だ。

終了後、野口さんが焼肉を食べたいと言い出し、ありがたくご相伴にあずかった。芸能人御用達の完全個室で、素晴らしく美味な牛肉を食べる。

途中トイレに立ったとき、桐谷恵介とすれ違った。以前、安奈さんとのグラビアを撮らせてもらったことがある。向こうは覚えていないだろうと思ったが、目が合ったとき、「あ」という顔をされた。非の打ち所のないアイドルスマイルに反射的にあとずさった。

「野口さんのところの？」

はいと答える余裕もなく、こくこくとうなずいた。

「その節はいろいろとお世話になりました」

年上で国民的アイドルなのに桐谷さんは腰が低い。人間ができている。ますます怖い。

「は、い、い、いえ、どうも」

「あのときの写真、ぼくの周りでも本当に評判がいいんですよ」

「は、い、い、いい、いえ、どうも」

「さすが野口さんのお弟子さんだけある」

「はは、はい、ど、ど、どうも」

「今ね、安奈と清居くんと一緒にご飯食べてるんだ」

「清居と?」

「うん、そこの部屋」

桐谷さんが親指で部屋を示した瞬間、休止中だった体内清居メーターが過激に振れた。

隣いいいいいいいいい、うおおおおおおお、神よおおおおおおお!!

壁一枚隔てたところに清居がいる。清居がいる。清居がいる。清居がいる。

「よかったらあとで顔出して」

桐谷さんは個室へと戻っていき、俺もダッシュで野口さんが待つ個室に戻った。トイレなどどうでもいい。尿意くらい操れなければ出待ち入り待ちなどできない。

「お、早かったな。ミスジもうちょっと食う? それともホルモン行く?」

メニュー片手の野口さんを無視し、俺は隣の壁に貼りついて頬ずりをした。

「いきなりどうした」

「隣に神が降臨しているんです」

「清居くんがきてるのか」

さすが師匠。すぐに理解してくれた。

「お楽しみのとこ悪いが、食欲なくなるからやめて？」

すみません。でも無理です。壁に頬をつけて震えながら目を閉じていると、

「わかった。清居くんを呼んできてやるから頼むから座れ」

野口さんはやれやれと個室を出ていった。ああ、野口さん、駄目です。清居からは今の姿を見られたくないと言われているんです。清居の命に背くわけにはいかない。けれど呼びにいったのは野口さんであり、自分からは頼んでないし、これはアクシデントというか不可抗力というか、自分がキングの命に背いたわけではない。ああ、会えるものなら会いたい。

薔薇色《ばらいろ》の緊張と共に待っていると、野口さんがひとりで戻ってきた。

「一足遅かった。ついさっき帰ったって」

天国から奈落の底へと突き落とされた。清居が残していった気配を少しでも感じたくて隣室との境の壁にスパイダーマンのごとくへばりついた。かすかに声が聞こえる。

「やだ！　桐谷くん、お願い、近づかないで、離れて！」

安奈さんの声だ。どうしたのだろう。べそかき声に聞こえる。

「臭くたって大丈夫だよ。ほら、俺もニンニク食べるから」

続いて桐谷さんの声。ニンニク？

「そういう問題じゃないの。自分が臭いのが嫌なの。もう最低、帰る」

「久しぶりに会ったのに？」

「清居くんの仕業よ。恨むなら清居くんを恨んで」

なにやら騒動が起きているようだ。ああ、しかし、ついさっきまでこの向こうに敬愛するキングがいたのだ。金色の気配を少しでも感じたくて壁に頬ずりをした。

「A5ランクの牛肉がまずくなるくらい、きもい」

野口さんがなにか言っていたが、それもどうでもよかった。

神とのニアミスを伴った焼肉の宴は二十三時に幕を下ろし、飲みに出る野口さんと別れてひとりで帰宅した。清居の気配を消したくないのでシャワーは明日の朝にして、幸福と絶望と焼肉の香りがモザイク状に入り組んだ複雑な気分でベッドに入った。

◆Oct. 6. Sou Kiyoi
朝から大学、昼からファッション誌の撮影とインタビューとラジオ収録、夜は演技のレッスンとバラエティ番組の打ち合わせと馬車馬のような一日だった。帰宅は深夜。玄関の灯りのスイッチを押すと激しく点滅しはじめた。天井を見上げたと同時に点滅は止《や》んだ。

「ったく、なんなんだよ」

相変わらず照明の調子が悪い。電球は替えたので配線の問題か。菅さんに点検の業者を手配してもらおう。めんどくせえなと思いながら食事を用意した。

夕飯にハイカロリー弁当と差し入れの寿司を食べたが、それとは別に夜食を食べねばならない。冷凍海老《えび》ピラフ、汁物としてスープパスタ、野菜ドリンクを飲んでやっと今夜のデブ活を締め切れた。満腹で眠い。とっととシャワーを浴びて寝よう。

洗面所で歯を磨いていると、鏡越し、背後の電気の消えた風呂場の磨《す》りガラスに黒い点々がついているのに気づいた。掃除をサボっているのでカビだろう。

――平良、なんとかしてくれ。

唐突に切なくなった。平良と住んでいるときはカビなど生えたことがなかった。『神の住まう神殿は常に清浄であらねば』と嬉々《きき》として掃除に励んでいた。本当に気持ち悪い男だったなと思い出し、かくりと肩が落ちた。こんな気持ちになりたくないから、なるべく思い出さないようにしていたのに。それをカビで思い出すなんて最低だ。

大股でウエットティッシュを取りにいき、カビを拭こうとして、はたと気づいた。このカビのつきかた。なんだろう。向こう側から誰かが手のひらを当てているように見える。顔を近づけて目を眇《すが》める。見るほどに手の形に思えてきて、軽く鳥肌が立った。

——いやいや、ただの汚れだ。

さっさと拭き取って洗面所を出ようとしたとき、暗い廊下をすうっと小さな光が横切っていった。びくりと一歩下がる。おそるおそる光の行方を追うが、ただ灯りの消えた廊下がリビングへと続いているだけだ。そのとき、ふいに廊下の灯りがついて、びっくりした猫みたいに飛び上がった。なんだ、なんだ。スイッチには触れていない。灯りは二、三度ちかちかと瞬き、消えた。しばらく待っても点《つ》く様子はない。一体なんなんだ。

薄気味悪く、そろそろと寝室に引っ込んだ。ベッドに入り、頭からすっぽりとシーツをかぶった。はみ出た足も急いで引っ込める。少しでもシーツから出ていると、そこを幽霊に引っ張られる気がする。鍵っ子だった子供時代の恐怖がよみがえる。

安全圏のシーツの中でスマホをいじった。平良に連絡をしようとし、しかし言うべきことが見つからずにあきらめた。カビが手のひらの形に見えるとか、電灯がちかちかするとか、よくわからない光が廊下を横切っていったなど、自分が相談された立場なら、

「気のせいだ。早く寝ろ」

と一蹴するだろう。他人に言えることを自分に言えないのは恰好《かっこう》悪い。というわけで「気のせいだ。早く寝ろ」と自分にも言い放って無理やりに眠った。

◆同日　Kazunari Hira

五時起床。最近は個展のためのデータチェックで未明に起きている。目覚まし用に濃いコーヒーを淹《い》れ、沖縄の廃病院で撮った写真のレタッチにかかった。一枚ずつ見ていく中、不自然な光を発見した。これはなんだろう。あの日は廃病院に泊まり、深夜撮影を敢行した。その中の数枚に淡い点に近い光が浮かんでいる。朽ち果てた廊下で行き先を見失ったように彷徨《さまよ》う光。ストロボではこんな淡い光は出ない。要確認とペンを入れた。

九時、朝食準備と野口さんを起こす（三度目で起床）。

午後まで大学で授業。そのあと事務所に寄って機材確保をして浦安《うらやす》にて屋外撮影。十七時の落日と共に撮影終了。スタッフやモデル一行と共に夕飯。モデルから尻ポケットに名刺を挟まれる。『今度会お』と連絡先が書いてあり、恐怖を感じた。

撮影中、なにか失礼なことをしたのだろうか。文句を言われるのだろうか。いや、もしかして俺から野口さんの情報を引き出そうとしているのかもしれない。野口さんに撮ってもらいたいモデルは山ほどいる。プロのモデルたちの生存競争はすさまじい。

とはいえ今日初めて会った他人に、これほど無防備に連絡先を教える危機感のなさに疑問を覚える。ああ、でも自分も清居が相手だったら携帯番号、マイナンバー、銀行およびクレジットカードの暗証番号などなど、すべて教えてしまうだろう。結果、身ぐるみ剝がされても清居なら構わない。このメモをくれたモデルの女の子は、野口さんにすべてを剝ぎ取られる覚悟はあるのだろうか。他人事《ひとごと》ながら心配になってしまう。

それとは別に、名刺を勝手に俺の服に忍び込ませるのはやめてほしい。先日知らないまま洗濯機に入れてしまい、砕けた紙片が野口さんのシャツにまで付着して怒られた。

「モテるのはいいが、俺に迷惑かけるなよ」

と怒られ、誤解ですとさすがに弁明したくなった。

「お、お、お言葉ですが、みんな野口さんと仕事をしたくて俺をダシにしているんです。『将を射んと欲すればまず馬を射よ』という諺《ことわざ》があるじゃないですか」

野口さんはやれやれと首を振り、イタリア製のソファにどさりと寝転がった。

「おまえに惚《ほ》れたやつって報われないよな」

「惚れられているのは野口さんです」

「ネガティブも一周すると傲慢《ごうまん》になるっていう見本みたいな男だ」

「意味がわかりません」

「おまえ以外はみんなわかってる。特に清居くんあたり」

突然飛び出した名前に目を見開いた。

「どういうことでしょう」

「説明するのは時間の無駄だから省く」

「省かないでください」

「説明したっておまえには理解できない。うちで清居くんの話は禁止」

「野口さんが清居の名前を出したんじゃないですか。横暴です」

「おまえに言われたかない。はい解散」

師匠はクッションを抱いて眠りに入り、すごすごと自室に引き返した。

別居に入る前に清居本人から追っかけ及び清居情報の検索禁止を言い渡され、師匠からは清居の話禁止を言い渡され、正直、古代エジプトのミイラレベルに干からびている。今この瞬間に絶命しても不思議じゃない。清居や野口さんのような、神から二物も三物も与えられた天才には、なにひとつ与えられていない底辺の飢えなどわからないのだろう。

しばらく絶望の小舟で暗黒の海を漂ったあと、しょぼしょぼとパソコンを起動した。自分が底辺だなんて嫌というほどわかっている。だからこそ輝く人たちの傍《そば》にいたいなら努力するしかないことも。さあ、絶望する暇があるなら一歩でも前に進め。

沖縄で撮った写真を確認していくと、廃病院のあと訪ねた廃屋でも妙な光が浮かんでいるものが見つかった。ゴミだろうか。いや、違う。正体不明だが、この写真には自然に溶け込んでいる気がして除去せずに残しておくことにした。

◆Oct. 7. Sou Kiyoi

聖ガブリエル幼稚園大麦組六歳の智也《ともや》を一晩預かることになった、菜穂《なほ》さんは政界のプリンスである夫の付き添いでパーティがあり、先日生まれたゼロ歳児はシッターに預けることになったが、智也がカズくんと奏《そう》くんのおうちにいきたいと駄々をこねたそうだ。あいにく平良は個展用の撮影に出かけているので、こちらにお鉢が回ってきたというわけだ。

大学、仕事、空いた時間は演技の稽古で、ガキの面倒をみる余裕など一ミリもない。いつもなら断るところ、ちょっと試してみたいこともあるので引き受けた。

「智也、なにか感じるか？」

預けにきた菜穂さんが帰ったあと、ソファに座っている智也に訊《き》いてみた。

「なにかって？」

「なんだか嫌な感じとか、怖い感じはしないか？」

智也は首をかしげたあと、わかんないと答えた。子供は霊に敏感だと以前に聞いたことがあるので探知機代わりに預かったのだが、わかんないということは、特になにも感じないということだろう。しかし智也の顔つきは暗い。どうしたのだろう。

「なんだか元気がないな。やっぱりなにか（オバケの気配とか）感じるのか？」

しかし智也は首を振り、あのね……と話し出した。

「お父さんのスマートフォンに、知らないお姉さんのお写真が入ってたの」

「お姉さん？」

「おじいちゃんとかおばあちゃんとか、みんなでお泊まりするときのおうち、えっと旅館ってところ。そこのお庭をゆかたでお父さんと一緒に散歩してるお写真だった」

「へえ（それ、やべえやつじゃん）」

「あとね、お部屋の外にあるお風呂にお父さんと入ってるお写真もあった」

「へえ（政界のプリンスなにやってんだよ、勘弁しろよ）」

慰謝料確定の浮気現場だ、とは言えないので平静を装った。以前も浮気で菜穂さんから三《み》行半《くだりはん》をつきつけられたのに、政治家の辞書には反省という文字がないのだろうか。

「お母さんに言っちゃだめだよね？」

「言わないほうがいいな」

「でも、ぼく、胸がくるしい感じがするの」

「わかるぞ。隠しごとはしんどい」

「だからね、カズくんや奏くんに聞いてほしいなあって」

なるほど。行儀のいい智也が駄々をこねるなんて珍しいと思ったが、秘密の共有相手として身内の平良や、その彼氏である自分なら言いふらさないという安心感があったのだろう。無意識だろうが、人間関係で大事な距離感というものを智也は把握している。

「誰にも言わないでね」

さらに六歳にして口止めをする用心深さも兼ね備えている。これは父親の血筋か。いや、父親はアホすぎるので母親である菜穂さんの資質か。智也、よかったな。

「ああ、誰にも言わない」

「約束して」

小指を差し出し、指切りげんまんを要求された。

「そんなことしなくても俺は言わないし、そんなことをしても言うやつは言う」

「そっか。そうだね。うん、ありがとう」

智也は納得したようにソファに深く腰を下ろした。

「奏くんって、好きな人いる？」

「いる」

「おつきあいしてるの？」

「ああ」

「きれいな人？」

「当たり前だ。俺の恋人だぞ」

綺麗《きれい》というか恰好いい。しかしそれ以上に気持ち悪いのが問題だ。

「その人が、他の人と仲良くしてたらどうする？」

「殺す」

えっと智也が目を見開いた。

「殺すの？」

「実行はしない。でもそれくらい追い詰める」

「ぼく、写真のこと一生誰にも言わない」

「平和のためにもそうしたほうがいい」

「うん」

智也は真剣な顔でうなずいた。

「ところで、おまえは？」

「なにが？」

「好きな子はいるのか？」

「いるよ」

「どんな子だ」

「『かぞえる天狗《てんぐ》』」

天狗？　ああ、以前観た子供番組なのに振り切りすぎた下ネタ天狗か。

「それは芸能人だろうが」

「え？　ううん、天狗だよ」

しまった。子供にとっては天狗は天狗。『中の人』などいないのだ。

「そうか、人気者だから競争率が高くて大変だな」

「うん、だから毎日お手紙書いてるの」

「手紙なんて山ほど届くんじゃないか」

「うん。かぞえる天狗はぼくたちからのお手紙が大好きなんだって前に言ってた。だからぼくも書いてるの。かぞえる天狗がうれしくなってくれるとぼくもうれしいんだ」

「おまえはファンの鑑《かがみ》だな」

独占欲とは反対の無償の愛。芸能人としては、ファンがみなこうであってほしいと思う。

「人気がなくなっても毎日書くんだよ」

「ああ、そうしてやれ」

「お手紙書くのがぼくだけになっても、毎日書くんだよ」

「ああ、がんばれ」

「毎日、毎日、毎日、ずっと、ずうっと書くんだよ。デュフッ」

瞬間、あどけない天使のような智也にきもうざの影が見えて戦慄した。さすが平良一族。

菜穂さんの差し入れで夕飯をすませたあと、智也と風呂に入った。智也の髪を洗い、湯船にアヒル人形を浮かべて遊び、風呂のあとは下ネタ天狗の番組を一緒に見た。智也は林檎《りんご》ジュース、俺は一五〇〇キロカロリーのメロンパンとホットドッグとバナナジュース。

「奏くん、前よりおっきくなったね」

夜はひとつベッドで一緒に眠った。智也がきゅっと抱きついてくる。

「仕事のために太ってる最中なんだ」

「ふうん。前の奏くんはきれいだったし、今の奏くんはぬいぐるみみたいで好き」

話しながらすやすやと眠ってしまう。安らかな寝顔はどことなく平良に似ていて愛《いと》しさをかき立てられる。ガキの世話は面倒だが、今日は灯りも点滅しなかったし、磨りガラスにおかしな汚れも浮かばなかったし、廊下をなにも横切らなかった。元々ただの気のせいだったのだろうが、やはり智也にきてもらってよかった。

翌朝は冷凍のパンケーキをチンして、果物と蜂蜜とバターをたっぷりとかけた朝食を用意した。智也は一枚、自分用には四枚＋レトルトカレー。胃がでかくなったのでこれくらいは楽勝だ。智也を幼稚園の制服に着替えさせたところで菜穂さんが迎えにきた。

「清居くん、急なお願いだったのにありがとう」

「いえ、俺も気分が変わってよかったです」

玄関先で挨拶をしている俺たちの横で、小さな靴を履きながら、あのね、あのね、と智也が菜穂さんに話しかける。あのね、お母さん、昨日すっごく楽しかったの。一緒にお風呂に入ってね、アヒルのお人形で遊んだの。よかったわねと菜穂さんが答える。

「それにね、トイレの電気がついたり消えたりするの」

ん？

「あとね、おうちの中にホタルが飛んでるの」

んん？

「楽しくてよかったわね。じゃあ行きましょうか」

「はあい。じゃあ奏くん、またね」

智也が俺に向かって手を振る。そのあと視線を廊下の奥に向け、再度、ばいばーいと手を振った。菜穂さんと手をつないで智也が帰っていき、俺はひとり取り残された。

おい智也、ちょっと待て。

トイレの電気がついたり消えたりってなんだ？

それにおうちの中にホタルとは？

今、誰に向かって手を振った？

おそるおそる振り返っても、もちろん誰もいない。

……………ああ、やはりガキなど預かるべきではなかった。

◆同日　Kazunari Hira
五時起床。個展のための写真を撮るため、昨日から山梨《やまなし》に入っている。

樹海近くの朽ちた別荘に撮影がてら泊まった。時間に洗い流されて色彩を失った室内に朝陽《あさひ》が差し込む。光の中に浮かぶ塵芥《じんかい》が美しく、陰鬱な雰囲気がかなりいい。

夕方まで撮影し、日が暮れてから帰路へついた。駅へ向かう途中、菜穂ちゃんから連絡がきた。ここにくるまえに智也を一晩預かってほしいと頼まれたのだが、撮影があったので引き受けられなかった。代わりに清居が預かってくれたのだ。

　自分が断ったせいで、清居に迷惑をかけてしまったのではないか。心配すると同時に、清居とお泊まりだなんて智也が羨ましすぎる。少しでも清居の様子を聞きたい。

「菜穂ちゃん、ちょっと聞いて智也に代わって――」

『カズくん、ちょっと聞いて』

　菜穂ちゃんが俺を制した。普段そんな不躾《ぶしつけ》なことをする人じゃない。

『あの人、浮気したのよ』

「また？」

『そう、また』

　俺の不用意な問いに、菜穂ちゃんの声が一段低くなった。

『ううん、違う。またのまたのまたのまたくらい。もう覚えてないわ』

　旦那さんのスマートフォンの中に、彼女と温泉に行った写真を見つけたそうだ。

　なぜだろう。旦那さんは頭の悪い人ではない。なのに、こと女性に関してはなぜそう迂闊なのだ。わたしを舐《な》めてるのよと菜穂ちゃんは言うが、そうだろうか。逆に旦那さんは菜穂ちゃんに全面降伏しているのではないだろうか。常から政治家として失言があってはならぬと緊張を強いられる日々の中、唯一、馬鹿をさらせるのが妻の菜穂ちゃんなのではないか。それを菜穂ちゃんも薄々理解し、けれど理解と怒りは別物なのだろう。

『外の女は恰好いいところ担当で、わたしは馬鹿なところ担当だなんて、妻ってつくづく損なポジションよね。これ以上は無理って一度は思ったけど、やっぱり智也たちの父親だし、離婚は避けたいし、世間体も悪いし、そんなふうに思うわたしも馬鹿なんでしょうね』

菜穂ちゃんの声音がしんみりしたものに変わった。

「そんなことないよ」

『いいえ。争いは同じレベルの敵同士の間にしか起こらないって言うじゃない』

「相手は敵じゃなくて旦那さんだよ」

『同じことよ。愛情と憎しみは表裏一体なの』

「よくわからない」

『わからないほうが幸せでいられるわ。でもカズくんもいつかわかる』

なんの予言だろう。しかし相手に怒りながら、同時に自身を批判し自省する。菜穂ちゃんはとても賢く寛容で、ややコンサバティブ寄りだが基本フェアな人であり、総合的に見て政治家の妻に向いている。それゆえ苦労するだろうと父が以前に言っていた。全面同意だ。

対する自分は人生経験もろくにない底辺コミュ障なので、「そうなの?」「そうだね」「そんなことないよ」とあいづちを打つだけだ。気の利いた慰めも出てこず申し訳ない。しかし菜穂ちゃんはそれでいいと言う。親に愚痴ると心配をかけるし、女友達に相談して同情されるのも嫌だ、それに情報はどこから漏れるかわからない。

『だからね、道端のお地蔵さんみたいに話を聞いてくれるカズくんに感謝してるの』

「そうなの？」

『たったひとりで秘密を守る苦しさからも逃れられるじゃない』

「そうだね」

『ごめんなさい。カズくんには迷惑よね』

「そんなことないよ」

本音だ。今までずいぶんと菜穂ちゃんには助けてもらっている。

『お母さん、ぼくもカズくんとお話ししたい』

ふと智也の声が聞こえた。

『ああ、じゃあカズくん、悪いんだけど智也とも少しお話ししてくれる？』

「もちろん！」

興奮で声が上ずった。

『カズくん、こんにちは。智也です』

智也は六歳とは思えないほど礼儀正しい。興奮を抑えてこんにちはと返した。

『あのね、昨日、奏くんのおうちに泊まったの』

「そう、そうなんだね。清居は？　清居はどんな感じだった？」

息が荒くなりそうなのを抑えるのに苦労する。

『えっとね、ご飯いっぱい食べてて、顔がアンパ○マンみたいになってた』

「システィーナの聖母に描かれてる天使みたいな穢《けが》れなき芸術的な美しさってことだね」

『よくわからないけど、一緒にお風呂に入ったときも、一緒に寝たときもふくふくで気持ちよかったよ。ぼくの一番のお友達のプーさんの抱きぐるみと同じくらい』

「プーさんはディ○ニーの中でも群を抜く人気者だし、色も黄色だし、黄色は金色に通じる王者の色だから清居を形容するにふさわしい喩《たと》えだ。智也は本当に賢いね」

『えへへ、そうかなあ』

「他には？　なんでもいいよ」

『トイレの電気がパチパチしてびっくりした』

「電気が？」

『奏くんがイタズラしたんだと思う』

「へえ、オリンポスの神々のような無邪気さが眩《まぶ》しいね」

『あとね、おうちじゅうにホタルがいた』

「ホタル？」

『廊下とか台所とか、ちょっと暗くなってるところで小さい光がふわふわって飛んでるの。ぼく、あんなの初めてだからすごく楽しかった』

「と、智也、それってホタルじゃ――」

『智也、それくらいにしておきなさい』

戸惑っていると菜穂ちゃんに代わられ、長電話をしてごめんなさいね、じゃあまたねと通話が終わってしまった。帰りの電車に揺られながら震えが止まらなかった。

——小さい光がふわふわって飛んでるの。

それはまさしく沖縄《おきなわ》の廃病院で撮った写真に現れた『あの光』ではないだろうか。

あれがなんなのか依然として不明だが、自分の周辺に現れているものが清居の周辺にも現れている？……なんという、……なんという……歓び！

自分と清居との間に渡された糸。

いや、それは思い上がりだ。

清居を想《おも》う自分の気持ちが光となって届いた、ということなら嬉しい。

畏れにも似た尊い気持ちを抱き、午後十一時にマンションに帰った。野口さんはおらず、リビングのテーブルに『味噌汁』というメモが一枚あった。

荷物を部屋に置き、エプロンをして粛々と味噌汁を作る。そのあと湯船に浸《つ》かり、ベッドに入ったのは深夜0時。眠る前に飲む精神安定剤のごとく清居の写真を眺める。美しすぎて気絶するように就寝。今夜もこの想いが光となって清居の元へ届くだろうか。

神よ、どうかこの小さき光を我が王に届け給《たま》え。

清らかに輝き、一切の邪悪を気高き王に寄せつけぬよう。

◆Oct. 8. Sou Kiyoi

ああ、ムカつきの極みだ。

昨夜も正体不明の光が廊下を漂っていた。

玄関、風呂、トイレ、各部屋の電気系統を業者に徹底的に調べてもらったが、結果は異常なし。他人を家に入れるのは嫌だが、背に腹は代えられずハウスキーパーも頼んだ。プロの技で室内を清掃してもらったあと、伊勢《いせ》神宮のお清め塩スプレーを取り寄せて振りまき、邪悪なものは一切近づけない清らかな家に生まれ変わった。これでいいはずだったのに。

一体なんなんだ。誰かが俺を呪っているのだろうか。

平良、戻ってきてくれ——と思わずこぼれそうな弱音を無理やり飲み込んだ。

午後からは上田《うえだ》さんの舞台稽古へ。沖縄で望役《のぞむ》をつかんでから好調が続いている。今村《いまむら》さんとのバトルも激しさを増している。キャリアは向こうが上だが、板にのれば関係ない。喰《く》うか喰われるかだ。こんなわけのわからない心霊現象に足を取られている場合ではない。

「清居くん、ぼそぼそ俯《うつむ》いてつぶやくだけで気持ち悪さが表現できると思わないで」

「邪魔。このシーンは引っ込んでて」

上田さんからは毎日厳しい言葉を浴びせられる。相変わらずトンネルの中を匍匐《ほふく》前進している気分だが、以前と違い、進むべき先に上田さんの背中が見える。

ひとつ困っているのは、車折《くるまざき》さんから頻繁に食事に誘われることだ。人気がものを言う世界でもあり、上下関係の厳しい世界でもある。大先輩から光栄な誘いだが、連れていかれるのは上田さんが贔屓《ひいき》にしているまずくてぬるい定食屋だ。注文してから出てくるまでが異様に早いという一点において、時間を無駄にするのをなにより嫌う上田さんの寵愛《ちょうあい》を勝ち得ている。

車折さんは自分だけまずいものを食べるのは嫌というスーパー勝手な理由で俺を誘う。

「今日もぬかりなくまずいな」

注文して二分で到着した中華丼を食べながら車折さんが顔をしかめる。隣では上田さんも同じ中華丼を食べている。ふたりはいつも同じメニューを頼む。

「味の好みが似てるんですか？」

問うと、車折さんはいやいやと首を横に振った。

「こいつはなにを食うか考えるのが面倒なだけだ」

「そうなんですか？」

訊いてみたが、上田さんは中華丼を食べながら片眉を跳ね上げただけだった。よくよく考えると、上田さんはいつも車折さんが注文したあと「ぼくも」と言うだけだ。

「ま、どうせなにを食べてもまずいからな」

黙々と食べる上田さんの横で、車折さんが説明する。

「じゃあ、考える価値のあるうまい店に行けばいいんじゃないですか？」

「だーかーらー、上田の中で『うまい・まずい』に価値はねえんだって」

「そんなことはない。おまえが持ってくる飯はまあまあうまいと認めてる」

さっさと食べ終わった上田さんがようやく口を開き、車折さんは眉間に皺《しわ》を寄せた。

「当たり前だろうが。何年つきあってると思う」

そういえばふたりは同じ大学の先輩と後輩だった。よくもこんなに癖のある人とつきあえると感心するが、一般的な尺度でいうと車折さんもかなり毒のある人だ。

店を出たあと、ごちそうさまでした、じゃあお先ですと別れる間際、上田さんがふいに俺の肩を軽く二度叩《たた》いた。手を横に滑らせて、なにかを払うような動きだった。

「なんかついてました？」

「うん、憑《つ》いてた」

微妙に引っかかるイントネーションだった。

「沖縄で拾ってきたみたいだね」

「は？」

「大丈夫、神も悪魔も本質は同じだ」

「どういう意味でしょう」

「……ふふ」

上田さんは意味深に笑った。稽古場に戻っていくふたりを見送り、改めて、天才と子供は苦手だと思い知った。どちらもインスピレーションの塊で、常人の理解の範疇《はんちゅう》を越えている。俺の肩に一体なにが憑いて、いや、ついていたんだ。嫌すぎる。

◆同日　Kazunari Hira
五時起床。いつものように個展のための写真の準備をする。

十時、朝食準備と野口さんを起こす（三度目で起床）。

十二時から二十時まで、打ち合わせとインタビューと撮影二件。そのあと野口さんのお供でパーティに同伴。有名なファッションブランドらしいが、舌を噛《か》みそうなややこしい名前で覚えられず、服屋さんと言ったら周囲の人たちが一斉に振り返り、殺されそうな目でにらまれた。この世のパーティというパーティは地獄の別名である。

翌一時に帰宅。野口さんに味噌汁を飲ませ、寝室に放り込んで仕事終了。ベッドに入って清居の写真を眺め、今夜も淡い光が清居の元へ届くよう念を込めた。

◆Oct. 9. Sou Kiyoi
上田さんが発した『沖縄』というワードがずっと引っかかっている。

やはりあれは心霊現象だったのか。いや、そんなもの俺は信じていない。幽霊が怖かったのは子供のときの話だ。夜中に帰宅してテレビをつけたとき、たまたまホラー映画のＣＭをやっていて縮み上がったとしても、現実に霊なんていない。俺はなにも怖くないんだ。

でも……ほら……万が一ということもあるだろう？

廃病院を少し覗いただけの自分がこれなのだ。呪いの全裸撮影会をしていた平良などもっとひどい目に遭っているかもしれないと心配になってきた。平良のことだから、なにかあったとしても俺には言わないだろうし、ことによっては別居などしている場合ではない。

まずは様子を探ろうと、昨日からずっとＬＩＮＥの文面を考えている。しかし最初から心霊現象がどうこうなどと言ってアホの子扱いされるのも嫌だ。散々考えた挙句、

【よう、どうしてる？】

ロケの待ち時間に、ようやく短い一文を平良に送った。返事はすぐにきた。

【元気です。清居のほうはどうですか？】

【元気だ。ところで最近おかしなことは起きてないか】

さりげなさを装おうとしたが、面倒になって斬り込んだ。

【起きてます】

やっぱり？

【野口さんがもう三日も飲みに出かけていません】

激しくどうでもいいことだった。

【そんなんじゃなく、心霊っぽいことが──】

そこまで打って、心霊という文字の禍々《まがまが》しさに気づいた。これを平良に送ってしまうと、自分の中であれやこれやの気味悪いことがリアル化し、もう気のせいという逃げを打てなくなるのではないか。『意味を咀嚼し、台詞《せりふ》として口にすることで言葉は実体化して力を持つ。それを何度も繰り返すことで自らが実体化させた役柄に内側から染まっていくのだ』と上田さんの著書で読んだことがある。自ら実体化させる？　霊を？　いやいや、それだけは避けなくてはと途中まで打ったメッセージを消去した。危なかった。もう少しで霊の罠《わな》にはまるところだった。ではどう問うか。悩んでいると、平良から『おかしなこと』の続きが届いた。

【この三日間、野口さんは仕事が終わるとまっすぐ帰宅するので、俺も一緒に帰って夕飯を作っています。俺の料理を気に入ったようで、昨日はカニコロを作りました】

カニコロ？

【最初はエビコロと言われたのですが、それは清居との約束なので作りません。そうしたらカニでいいと言われたので、それならいいかと作りました。ほんとはエビコロが食べたかったと文句を言われましたが、結局カニコロを気に入り、『エビコロは清居くんに譲るけど、カニコロは俺のな。清居くんにも作るな。師匠命令だ』と言われました】

読み進めるごとに眉根が寄っていく。

なんだこれ。彼氏にわがまま言われて困っちゃう〜系の自慢みたいだ。

【野口さんは思った以上に手間のかかる人です。朝は三度も起こさないといけないし、起きてきても寝ぼけて機嫌が悪いし、今朝は野口さんの好きな豆腐と松山揚げの味噌汁を作っていたのに、鹹豆漿《シエントウジヤン》が食べたいと駄々をこねられ、コンビニに豆乳を買いに行きました】

ラブラブな恋人同士のノロケにしか読めない。

【野口さんが呼んでいるので、そろそろ仕事に戻ります】

最後はそれか！　と怒りに襲われた。俺が訊いたのはそういうことではないし、なにより『カニコロは俺のな』とはなにごとだ。カニコロなんてエビコロの兄弟みたいなものだ。そこは彼氏としてばしっと断るべきではないのか。なにを三十代も半ばの男を甘やかしているんだ。しかも俺とは別居中なのに野口さんとは朝から晩までべったり一緒。さらに愚痴に見せかけたノロケのような日々を俺に語るとは。なんたる無神経さ。一体誰のせいで気味悪い目に遭っているると思ってる。それでも心配していた俺の気持ちも知らないで！

【きもい】

【うざい】

と返して終わらせ、結局、肝心なことはなにも話せなかった。

腹立ちが収まらないまま二十時に帰宅。玄関のスイッチを押す。つかない。瞬間、コップから水があふれるように怒りが臨界点に達した。仁王立ちで真っ暗な空間をにらみつける。

「ふざけんな、この野郎！　きもいんだよ！　ぶっ飛ばすぞ！」

思いきり怒鳴ったと同時、玄関の灯りがついた。ふんっと鼻息を吐き出した。平良に対していらいらしすぎて、霊ごときを怖がるのも馬鹿らしくなった。いや、もともと信じちゃいないし少しも怖くないけどな。それより今ごろ平良は野口さんに飯を作っているのだろう。ああ、くそ、くそ。おもしろくない。今夜、野口家のカニコロが破裂しますように。

◆同日　Kazunari Hira

三時起床。今日は早朝ロケがあるので、その準備をする。並行してシチューを煮込む。先日、名波さんたちに引きずられていったキャバクラの十周年記念ビンゴ大会の景品としてスープジャーを野口さんが当てたので、それにシチューを入れろと命じられたのだ。野口さんは流行《はや》りものに弱く、すぐ飽きる傾向にある。これも三日で飽きるだろう。

とはいえ写真でも料理でも、自分のような人間が提供するものを気に入ってもらえるのはありがたい。もちろん一番ありがたかったのは清居がエビコロを褒めてくれたことだ。二番目が野口さんのカニコロ。自分にできるかぎり精一杯努めようと思う。

四時、野口さんを起こす（五度目で起床。新記録）。

ロケの休憩時間に、遥《はる》かな銀河の彼方《かなた》から天啓が降ってきた。

【よう、どうしてる？】

よう、どうしてる？　よう、どうしてる？　よう、どうしてる？　たった一文に胸の真ん中を射貫《いぬ》かれた。すごい威力だ。清居の唇から、清居の指先から、清居の言葉は零《こぼ》れた途端に黄金と化す。自分にはそんな文才はなく、清居のような煌めく日々も送っていない。だからせめて野口さんに登場してもらいカニコロの話などをしてみたが、

【きもい】

【うざい】

清居からはそう返ってきた。

凡人の努力には限界があることを改めて思い知った。

◆Oct. 12. Sou Kiyoi

怒りのままに怒鳴った夜から三日が経ち、そろそろいいかと空気を読むように、また玄関の灯りが点滅しはじめた。謎の光も相変わらずだ。……もういい。

朝からカレー＋カロリーモンスターのメロンパンを食べて気分よく大学へ行き、午後はナレーションの収録、そのあと下北沢《しもきたざわ》の小劇場で観劇。終演後、ビーバーこと小山《こやま》に会った。

「あれ、清居くん、こんにちは。その節はどうも」

無視したかったが礼儀正しく挨拶をされたので、しかたなく向かい合った。

「よう、元気か」

「元気だよ。清居くんもすごく元気……そう？」

首をかしげられ、むっとした。現在目標体重まであと二キロに迫っていて、インターネットでは劣化だの人気下降だの病んでいるだの好き放題に罵倒されている。役作りとして太っているのだが、これ幸いとアンチが活き活きと俺を叩いている。クソな連中だ。

「関係ない」

「平良と別居してるって聞いたけど、もしかしてストレス太り？」

「わ」

「別れてないから」

かぶせ気味で否定すると、気の毒そうな目で見られて怒りが増幅された。ビーバーとは以前に平良を取り合ったという二重に屈辱な経緯がある。

「芸能人って大変だね。ところで、このあと時間ある？」

「なんで」

「実家から野菜がたくさん送られてくるんだけど、友達に配ってもまだ余ってて、ひとりじゃ食べきれないんだ。よかったらもらってほしい」

「なんで俺が——」

「野菜より唐揚げとかのほうがいい？」

シャツの上からでもわかるぽっちゃりした俺の腹をビーバーが見る。

「野菜は大好きだ。食べてやってもいい」

なぜ無用な対抗心など出してしまったのか。瞬時に後悔したが、ありがとう、じゃあこっちとビーバーが歩き出してしまったので、しかたなく過去の恋敵の家に行くことになった。まあ恋敵といっても、平良はずっと俺のこと『だけ』が好きで、ビーバーは俺を忘れるための一時避難所のようなものだった。そう考えるとビーバーには悪いことをした。

「じゃあ野菜詰めるから、適当にゆっくりしといてね」

電車を乗り換えて着いたビーバーの家は、大学生のひとり暮らしによくある古い１ＤＫだった。コタツテーブルや蜜柑《みかん》が盛られたカゴなどが落ち着ける空間を演出している。ここに平良も座ったのだろうかと考える中、壁にピン留めされたポストカードに目がいった。大雪のニューヨークの街、真っ赤な傘と灰色の足跡。同じものがうちにもある。

「平良もソール・ライター好きだよね」

ビーバーがビニール袋に野菜を詰めながら言った。

「こないだ渋谷《しぶや》で展覧会やってたから、懐かしくなって観てきたんだ」

なにが懐かしくなったんだ、とは訊けない。

「はい、これ。ほうれん草と大根とじゃがいも」

ビーバーは俺に野菜の詰まった袋を差し出した。

「ありがとう」

「でも清居くん、料理できるんだっけ？」

「渡してから訊くなよ」

「できないの？」

「できるけど、したくない」

「じゃあこの野菜どうするの？」

どうしようと天井を見上げると、やれやれとビーバーが息を吐いた。

「ぼくが作るから食べていく？」

なぜ過去の恋敵の手料理を食べねばならないのか。しかしこちらも例のおかしな現象のせいで家が安住の場所ではなくなっている。こくりとうなずいた。

じゃあ待っててねと言われたので、居間のコタツに入ってぬくぬくしていると、ビール、焼酎、ハイボールのどれがいいかと問われ、ハイボールと答えると、一分後、ハイボールとナメタケ冷や奴《やっこ》のアテが出てきた。居酒屋のお通しみたいだ。

「うちサークルのたまり場になってて、飲み会のたびにみんななんやかや持ってくるから、とりあえずいろいろ揃《そろ》ってるんだ。清居くん、そういうの食べられる？」

「ああ。このナメタケ旨《うま》いな」

「手作りだよ」

「ナメタケって作れんの？」

「簡単だよ。エノキも大量に送られて始末に困ってたんだ」

「エノキ？」

首をかしげると、しょっぱい顔をされた。

「清居姫、ナメタケはエノキでできてるんですよ」

知らなかった。というか、ナメタケの材料など考えたことすらなかった。幼いころからナメタケはただナメタケとしてそこに在り、考察に値するものではなかった。

「清居姫はただ食べるだけの人なんだね？」

「姫って呼ぶな」

「平良がご飯を作るようになるわけだよねえ」

少しイヤミっぽい口調だった。

「おまえのときは平良は飯を作らなかったのか？」

「いつもぼくが作ってたよ。実家から野菜が大量に送られてくるし、なんとか処理しようと自炊が多くなっていったんだ。うちは男ふたりで立てるほど台所も広くないし」

話しながら、ビーバーは次々と料理を運んでくる。白菜と豚バラのミルフィーユ蒸し、ほうれん草とにんじんの白和え、肉じゃが、小松菜と桜エビの炒《いた》め物、ニラたま。

「おまえ、実は大学生じゃなくて食い盛りの息子がいる母親だろ」

「こんなの全部レンジで作ってるだけだよ」

「まじか」

　確かにチーン、チーンとレンジの音が響いていた。ものの二十分ほどで六品ほど作ってしまうとビーバーも座り、ハイボールのグラスを合わせて謎の飲み会がはじまった。

「へえ、じゃあ役作りで太ってるんだ？」

「そう」

「でも別居までしなくていいと思うけど」

「キングにはキングとしての責務がある。ノブレス・オブリージュってやつだ」

　するとビーバーが『うわあ』としか形容できない顔をした。

「清居くん、やっぱり平良の彼氏だよねえ」

「どういう意味だ」

「平良のこと理解して、その上で合わせる努力までしてるんだもん」

「馬鹿、あんなもん理解できるか。平良のわけわかんなさは異星人レベルだぞ」

「確かに」

「アヒル隊長っているだろ」

「平良の師匠だね」

　さすが元恋敵だけあって話が早い。

「あいつ、たまにあのアヒルに話しかけてるんだぞ」

「うそ」

ビーバーが目を見開いた。

「どう思う?」

「さすがにちょっと気持ち悪い」

「だろ?」

「あ、でもぼくとつきあってたときも、たまにひとりでぶつぶつぶやいてたときがあったっけ。あれ、もしかして隊長としゃべってたのかな?」

「それはわからない。あいつはアヒルだけじゃなく、しょっちゅういろんな異界と交信してるから。というか、なにどさくさに紛れて『つきあってた』とか言ってんだ」

「つきあってるも同然だったし」

「でも正式にはつきあってないだろ。勝手な設定を捏造《ねつぞう》すんな」

「籍は入ってなくても内縁の妻っていう概念が法律にもあるの知ってる?」

「それを言うなら、当てはまるのは俺だろう。一緒に住んでるんだし」

「別居中じゃん」

「でも別れてないし!」

思わず声を張ってしまった。

「清居くん、ほんと平良が好きなんだねえ」

ビーバーはしみじみとつぶやいた。ふうっとハイボールの香りの息を吐く。

「あんなきもいやつ好きじゃない」

「はいはい、わかったわかった。まあ飲んで」

新たにハイボールを作られた。ちょうどいい濃さだ。つまみもおいしいし、過去に男を争った相手にいまさら気を遣う必要もなく、勧められるまま酒を飲み、別居や仕事のプレッシャーや心霊ストレスなど、溜まっていたものをぶっちゃけていた。

「ええ、沖縄の廃病院で撮影？　それいろんな意味でやばいよ」

ビーバーもほろ酔いで、すっかり口調も態度も砕けている。

「ああ、激やばだ。沖縄から帰って以来、風呂場のガラスに手を押しつけたような形のカビが発生したり、廊下の電気が点滅したり、おかしなホタルみたいな光がふわふわ飛んだり」

「どう考えても霊障じゃん」

寝転んでだらだらしていたビーバーが起き上がり、怖いよと顔を寄せてきた。やっとまともに話が通じる相手を見つけた安堵で俺も顔を寄せた。ふたりでひそひそと話し合う。

「やっぱそう思うか？」

「思う。沖縄から連れてきちゃったんだよ」

「けど平良のほうには特になにも起きてないみたいなんだ」

「平良はそっちの世界と親和性ありそうだけど、清居くんは陽キャだし憑きがいがあるんじゃないかな」

「どうすればいいんだ」

「神社とかお寺に頼んでお祓《はら》いとかしてもらうのが王道だと思う」

「お祓いなんかしたら、それが『いる』ことを認めることになる。それは嫌だ」

「でも実際怖いんだろ？」

「怖くない」

そう言いつつ、俺はコタツに突っ伏して頭を抱えた。

「なんでだ。なんで俺はあんなやつとつきあってるんだ。ただでさえきもいのに心霊まで。あれよりマシな男はいくらでもいるはずなのに、なんで、よりによって、あいつなんだ」

「わかる。でも平良のあとだとみんな平凡に見えるんだよね」

ビーバーがコタツに頬杖《ほおづえ》をついてしみじみとつぶやいた。

「平凡は悪くない。俺は平凡な恋愛がしたい。アヒルと話す彼氏とか、家電になりたい彼氏とか、出待ちする彼氏とか、事務所にファンレターを送ってくる彼氏なんて望んでない」

「まあ愛の証《あかし》ということで」

「そんな証はいらない」

「これ以上ないくらい愛されて嬉しくないの？」

「嬉しくない……ことはない。でも方向性がおかしいし、俺を崇拝するあまり、肝心の俺の気持ちに気を配らないのは問題だろう。こないだも野口さんとの同棲《どうせい》生活をノロケられたし、なにとぶつけてもダイヤモンドは傷つかないのと同じように考えているふしがある」

「自分をダイヤモンドに喩えるところがねえ」

「なんだよ」

「わかんないところがお似合いだよね、って話」

あーあ、とビーバーは宙を見上げた。

「ぼくも彼氏ほしいなあ」

「いないのか」

「いたら清居くんなんて呼ばないよ」

「前からうっすら思ってたが、おまえ、見た目に反して性格が悪いよな」

「それって顔はかわいいってこと？」

「小動物系が好きなやつは好きな顔だろうな」

「じゃあ、なんで彼氏できないのかな」

それはおまえの心の中に誰か特定の男がいるからだろ——とは言わなかった。

「清居くんは綺麗でいいよね」

「まあな」

「今はただのデブだけど」

「おまえ、まじで性格悪いな。俺もびっくりだわ」

「あーあ、ぼくも清居くんみたいに愛されたいなあ」

俺の言葉を完全無視し、ビーバーはぐびぐびとハイボールを飲み干した。

──それは、平良に、ってことか？

問う意味はない。それはビーバーの問題で俺には関係ないし、関係ないことを好奇心で問うのは悪趣味だし、馬鹿だし、卑しいことだ。俺にとってなにもいいことがない。

「清居くん、なんか言いなよ」

「なにを」

「なんか訊きたいことないの？」

「ない」

そう言うと、意外そうな目を向けられた。

「なんだよ」

「内心勝ち誇ってるの隠して、同情たっぷりに慰めてくると思った」

「そんな暇じゃねえよ」

「かあっこいい。さっすが芸能人」

これはさすがにムッとした。

「まじでいい性格してるよな」

「ごめんね。いい子してたって愛されなかったから」

小山はふんと息を吐き、それから目を伏せた。

「性格がいいやつがモテるとか、女子だったら愛されメイクとか愛されファッションとか言うけど、あんなの全部嘘《うそ》だ。誰かを好きになるって、とことん理不尽なものなんだ。性格悪くてもブサイクでもセンス悪くても馬鹿でも、惚れたらそいつが最高なんだ」

そのとおりだと思いながらハイボールを飲んでいると、

「……あーあ」

ビーバーは溜息をつき、ぱたりとコタツテーブルに顔を伏せた。そのまま動かない。まさか泣いてるんじゃないだろうな。俺は湿っぽい空気が嫌いだ。どうすればいいのかうっすら焦っていると、すう……と寝息が聞こえてきたのでほっとした。

ビーバーめ。心配させやがって。

俺は立ち上がり、テーブルの上を適当にかたづけ、そこらへんにあったブランケットをビーバーにかけて家を出た。なんとなく見上げると、建物と建物の隙間に月が浮かんでいた。

——平良、おまえは思った以上に悪い男だな。

いつまでも満ち足りない月を見上げ、柄にもなく湿った気持ちになった。

◆同日　Kazunari Hira

五時起床。ルーティンとなっている個展のための写真をチェックしていく。

十時、朝食準備と野口さんを起こす（デフォルトの三度目で起床）。

大学のあと午後から夜遅くまで撮影。休憩中に小山から着信が入って驚いた。いろいろあって以降、サークルで顔を合わせることはあれど、個人的に連絡を取り合うことはなくなっていた。気が進まないながらかけ直すと、ふぁーいと小山が出た。

『あー、平良ー、ぼく。誰かわかるー？』

酔っているようだ。強烈に嫌な予感がする。

「着信時に名前が出るからわかるよ」

『あっそう。ていうかー、あいかわらず冷たいねえー』

やはり絡み酒だ。小山はまあまあ酒癖が悪い。短い期間だったが親しくつきあっていたので、こういうときは下手なことは言わないほうがいいことはわかっている。沈黙は金。

『さっきまでねー、ぼくんちで清居くんと飲んでたのー』

「え？　き、き、清居？」

『あ、動揺したー。わかりやすーい』

冷や汗が背中を伝う。一体なぜふたりが？　しかも小山の家で？　なぜそんなことになったのかを問いたい。しかし眼前に広がる地雷原を無事に駆け抜けられる自信はない。爆死覚悟で突っ込むか？　ああ、アヒル隊長、野口さん、自分は一体どうすれば？

『清居くんってほんと性格悪いっていうか、プライド高いよねー』

「そ、そんなことないよ。というか性格とかプライドとかの次元じゃない――」

『その高さが正しくてさー、フェアでさー、なんも言えないよねー』

「え？　あ？」

『平良が好きになるの、わかる』

「……小山？」

『わかっちゃって、……しんどい』

一体なにがあったのか。問いたい。でも問えない。

『ねえ、平良』

「うん？」

『ぼく、今でも平良が好きなのかな？』

答えようがなく、果ての見えない沈黙が続いた。

『急に電話してごめんね』

「あ、いや」

『じゃあね。バイバーイ』

唐突に通話が切れ、どっと疲れた。自分の知らないところでなにが起きているのか。知りたいが小山には訊けないし、清居には畏れ多くてもっと訊けない。しばらく悩んだあと、考えないことにした。清居に対しては神の行動原理を探るなんて不遜だと思うし、小山に対しては考えるほどに地雷原に追い詰められるような気がする。行く先は爆死しかない。

撮影後、野口さんに連行されて夜の六本木《ろっぽんぎ》へ。さらに出くわしたモデルグループも加わってクラブと会員制バーをはしごした。最後はお茶漬けバーでしめて午前四時帰宅。べろんべろんの野口さんを寝室に放り込んで、ようやく仕事終了。なんとなく怖くてオフにしていたスマートフォンの電源を入れると、清居からLINEが入っていた。

メッセージはなく、三日月のスタンプがひとつだけ。小山と会ったことには触れていない。清居は自分のことを細かく報告する人ではない。送られてきた写真の月のようにミステリアスで美しい孤高の王だ。カーテンを開けると夜明けの白くて薄い月が浮かんでいる。

離れていても、見上げる月だけは同じことに幸福を感じた。

◆Oct. 14. Sou Kiyoi

朝っぱらからスマートフォンが鳴った。覚えのない番号なので無視を決め込んだが、しつこく何度も鳴る。いらいらと留守番電話を確認すると智也からだった。

『奏くん？　智也です。聖ガブリエル幼稚園大麦組六歳です。お電話ください』

用件より幼稚園児がスマートフォンを持っていることに驚きつつ、すぐかけ直した。

「おう、俺だ」

『奏くん？　おはよう。朝から電話してごめんね』

幼稚園児とは思えないほどの礼儀正しさだ。

「いいけど、おまえ六歳のくせにスマホ持ってるってすげえな」

『ゆうかいされたとき場所がわかるように持ってるの』

セレブ坊ちゃまらしい理由だった。

「なんか用か」

『あのね、お父さんとお母さんが喧嘩《けんか》してるの』

「あー……、もしかしてあれか。お姉さんとの写真がばれたのか？」

『ぼくの知ってるお姉さんじゃなくて新しいお姉さんのだけど』

「新しい？」

『お母さん、前のお姉さんの写真のこと知ってたんだって。でも知らないふりしてたんだって。そういうがまんをあなたはわかってない、ほんとにもう信じられないって怒ってるの』

ぐすっと智也が洟《はな》をすする。菜穂さん相手なら早晩ばれると思っていたが、まさか新たな浮気写真とは恐れ入った。政界のプリンスと異名を取っているらしいが、旦那はちょっと脇が甘すぎる。今度こそ離婚かと考える中、スマートフォン越しに旦那の声が聞こえてきた。

『菜穂、ぼくは反省している。反省していると言いながら、反省をしている色が見えないという菜穂の指摘は、ぼくという人間への問題提起だと反省している』

なにが言いたいのかわからない。〆切が明日に迫ってとにかく文字数を稼ぎたい脚本家のように、日本語が持つファジイな可能性を最大限に引き出している。

『なにが言いたいのよ。謝ったら負けの国会答弁じゃないのよ！』

さすが菜穂さんだ。上手《うま》いことを言う。

『奏くん、ぼく、どうすればいいの？』

ぐすぐすと智也が泣いている。

「どうもしなくていい。いつもどおり飯を食って聖ガブリエル幼稚園に行け」

『でも、さっきからユーカも泣いてるの。赤ちゃんだけど、お父さんとお母さんが喧嘩してるのわかるみたい。どうしたらいいのかな。ミルクあげたほうがいい？』

ユーカとはこないだ生まれたばかりの智也の妹だ。

「なにもしなくていい。気持ちはわかるが、おまえはまだ六歳だから泣いてる赤ちゃんにしてやれることはなにもない。とりあえず、今すぐ『お腹空《す》いた』ってでかい声で叫べ」

『お腹はあんまり空いてない。お父さんとお母さん喧嘩してるし』

「いいから。子供の腹減りコール以上の仲裁はない。ほら、叫べ」

『……はい』

すうと息を吐く音がしたあと、『お腹空いたーっ』と智也の大きな声が響いた。すぐにばたばたと駆けてくる足音がして、『智也、ごめんね』、『智也、すまない』と菜穂さんと旦那の声が聞こえた。とりあえずこれでよしと俺はさっさと通話を切った。

菜穂さんと智也とユーカに幸あれ。旦那は爆発しろ。

にしても、周囲に数多いる浮気男を見るたび思う。

俺の彼氏は一途《いちず》でよかった。めっちゃきもいけど。

◆同日　Kazunari Hira
五時起床。相も変わらず個展のための写真に苦心している。

九時になったので切り上げ、朝食を作りながら昨夜のニュースをアプリで閲覧。いきなり菜穂ちゃんの旦那さんが画面に映ったので驚いた。政治的にまずいことが起きたのか、国会答弁の様子が中継されている。旦那さんは相変わらず政界のプリンスという名にふさわしい華やかなイケメンだ。菜穂ちゃんは昔からイケメン好きだったけれど――。

『わたしは反省しております。反省をしていると言いながら、反省をしている色が見えないというご指摘は、わたしという人間への問題提起だと反省をしております』

うん？　聞き流していたせいか、なにを言っているのか意味不明だった。三度ほどリピートしたが、やはりわからない。しかし仕事でもなにやらしくじり、家では浮気が原因で妻と揉《も》めるなんて、自分ならそんな内も外も修羅場なんて状況は耐えられない。政治家になるには清廉潔白さも人格も必要ない。ただただ心臓に毛が生えていればいいのだろうか。

それはともかく、なぜ好きな人と結婚したのに浮気なんてするんだろう。理解できないし、理解できなくてよかった。自分は清居が治める金色の王国の民である。その自覚を持ち、常に清く生きねばならない。つらつら考えていると、野口さんを起こすデッドを越していた。慌てて寝室へ向かうと、すでに顔を洗った野口さんが洗面所から出てきた。

「ちゃんと起こせよ」

「すみません。でも自分で起きられるなら毎朝そうしてほしいです」

「つべこべうるさい。飯」

ひどい。清居の健やかな金色の王国に比べると独裁政権だ。

朝食のあと野口さんは仕事、自分は大学へ。午後から事務所でデータ整理にいそしみ、野口さんは帰ってこなかったのでひとりで帰宅。就寝前、菜穂ちゃんからＬＩＮＥが届いた。

【詳しいことは省くけど、清居くんはいい子ね】

清居が智也によいアドバイスをしたそうで助かった、という内容だった。なにがあったのかよくわからないが、清居が褒められていることは確かなので気分がいい。

『清居は金色の王国を治める金色のキングです。俺は高校時代からキングが治める金色の王国を流れる金色の川をアヒル隊長とたゆたっています。とても幸福です。よかったら菜穂ちゃん一家も金色の王国の民になりませんか?』

と返信した。新たな王国民が増えるのだろうかと期待していると、

『ありがとう。遠慮しておきます』

と返ってきた。残念だ。

◆Oct. 18. Sou Kiyoi

久しぶりに実家に顔を見せた。話題は先日のイベントでの騒動に集中した。公開収録のチャリティイベントで、桐谷のファンが公衆の面前で俺を罵倒した件だ。会場には俺のファンもいて騒ぎになったが、あることがきっかけで終息し、翌日にはすべてが好転した。

「桐谷くんのファンって気合い入ってるおばさんが多いんだよね」

夕飯の卓の向こうで、妹の紗英《さえ》がふくれっ面で言う。

「アイドルのファンなのにおばさんなのか?」

義父がおかずの天ぷらをアテに晩酌をしながら問う。

「桐谷のグループってキャリア長いんだよ。ベテランっていうか」

中学生になる弟の太緒《たお》が白飯に甘辛いタレをかけたものをかき込みながら答える。

「メンバー全員三十代だろ。だからファンもそれくらいかもう少し上が多いんだよ。俺らくらいの女子はもっと新しいグループについてるよ。あとK－POPとか」

「三十代でおばさんなのか？」

「おばさんじゃなかったらなんなの？」

義父の問いに、小学生の紗英と中学生の太緒が首をかしげる。十代は無慈悲だ。

「でも奏お兄ちゃんにデブなんて、あいつらみんな死ねばいいのに」

紗英が過激な発言をし、なんてこと言うのと母親が叱りつけた。

「けどあれは俺も弟として腹立った。奏兄がデブなら、あいつらブスじゃん。けど『清居は誰よりも綺麗だーっ』てファンが叫んでくれてよかったよ。いい感じに収まったし」

「それがまた男のファンっていうのが奏お兄ちゃんの素敵なとこなんだよ。同性にモテるって本当にかっこいいってことだもん。桐谷くんのファンは女ばっかだし」

「まあでもデブなのは本当だけどな」

「それも仕事のためだもん！」

紗英が憤慨し、太緒の天ぷらにサラダ用のサウザンアイランドドレッシングをぶちかけた。なにすんだと太緒が紗英の味噌汁にドレッシングのかかった天ぷらを放り込む。ご飯で遊ぶんじゃありませんと母親が怒り、義父は黙ってビールを飲んでいる。実家は常にかしましい。

「なんだよ、おまえだって沖縄でデブ兄にショック受けて泣いてたじゃん」

「デブ兄って言うな」

という俺の苦情は無視された。

「奏が帰ってくると、ふたりとも嬉しいからはしゃぐんだなあ。ははは」

四角四面でおもしろみはないが子煩悩な義父がどうでもいい合いの手をはさんだ。

「なんにせよ、奏のお嫁さんになる女の子は大変ねえ」

母親が溜息をつき、紗英と太緒は喧嘩をやめた。

「役に合わせて太ったり痩せたり、おうちでの健康管理が大変そうよね」

「スポーツ選手の奥さんみたいに料理がうまい子がいいんじゃないか」

「あー、お父さん、それって差別なんだよ。今は男の子も料理しないと駄目なんだから」

「いや、お父さんが言ってるのは適材適所ということだ」

「テキザイテキショ？」

「Aという仕事があって、Aの仕事が好き、または得意な人がAをする、ということだ」

「じゃあ俺は食うのが好きだから食う人になる。あとゴロゴロするのも好きだから、結婚するなら飯を作ったり掃除や洗濯するのが好きな子を選ぼう」

「意味がちげーんだよ」

俺が鼻で嗤うと、太緒が不満げに唇を尖らせた。

「じゃあデブ兄はどんな子がいいの？」

「そうだな。とりあえずイケメ……美形で、スタイルがよくて、控えめだが芯があり、仕事は優秀。冷蔵庫の中にある材料でささっと旨い飯が作れる程度の料理の腕はあり、俺のやることにつべこべ口出しせず、いつも陰から見守っているようなのがいい」

「奏、それじゃあ一生結婚できないぞ」

「そうよ。今どきそんな横暴な旦那さんじゃ奥さんに捨てられるわよ」

「奏兄って思った以上にダメダメな男だな」

「奏お兄ちゃんだからセーフだけど、クラスの男子が言ったらぶっ飛ばすかも」

俺は黙々と高カロリーの天ぷらを食べ続けた。なんとでも言うがいい。それらの条件を九割備えている彼氏がもう俺にはいるのだ。唯一の欠点は、気持ち悪い、それだけだ。

『清居――――っ』

つけっぱなしのテレビから、その彼氏の声が聞こえて飛び上がりそうになった。

「あー、桐谷くんだ。こないだのこと、もうネタにされてる」

バラエティ番組で先日のチャリティイベントでの騒動をいじられている。何度もＶＴＲが繰り返され、顔にモザイクをかけられた平良の絶叫が流れる。

『清居は誰よりも綺麗だ――――っ』

『清居奏は夜空に輝く星だ――、誰よりなにより綺麗だ――――』

『清居――、愛してる――』

さっきまでかしましかった実家の食卓が、なんともいえない感じに静まり返る。

「そ、奏は男の子にも人気があるんだな」

「同性に人気があるっていいことよね」

義父と母親が取りなすように言うが、

「いやあ、さすがにやっぱきもいわ。これ絶対危ないやつだよ」

「奏お兄ちゃん、ボディガード雇ったほうがいいと思う」

太緒と紗英が言い、俺はふっと笑った。

いいか、おまえら、よく聞け。

その『さすがにやっぱきもいストーカー』が俺の男だ。つらい——。

平良が気持ち悪いなんて今にはじまったことではないので、それはいい。今の問題は、平良の気持ち悪さが知れ渡ってしまったせいで、こいつが俺の添い遂げたい男ですと家族にカミングアウトできない、ということだ。俺の未来は恋愛に関しては暗い。

◆同日　Kazunari Hira

久しぶりに母親から電話がかかってきた。

『カズくん、いつでもいいから一度うちに帰ってらっしゃい』

「悪いけど忙しいんだ」

久々に夕方に仕事が終わり、野口さんと帰宅するところだった。野口さんは珍しくひどい二日酔いで帰宅したらすぐ休むと言い、俺は個展用写真のレタッチをするつもりだった。

『じゃあ、お母さんがそっちに行くから会いましょう。今夜はどう?』

「急に言われても困るよ。だいたい野口さんの家なんだから」

『じゃあ野口さんのお宅の近所で会いましょうか。喫茶店くらいあるでしょう』

有無を言わさぬ調子に首をかしげた。一体なにごとだろう。不穏すぎるのでとりあえず断ろうと思った矢先、野口さんにスマートフォンを奪われた。

「お母さん、はじめまして、野口大海《ひろみ》です」

まあ、野口さん? と母親の声が洩れ聞こえてくる。

「こちらにいらっしゃるんですか? よかったらうちへどうぞ」

待ってくださいと止める間もなく母親と合意し、野口さんは通話を切ってしまった。

「野口さん、帰ったらすぐ休むんじゃないんですか?」

「休みたかった」

「じゃあ、どうして」

「おもしろそうだったから」

いつなんどきも好奇心が勝る。野口大海はそういう人だ。

「断らせてください。なにか嫌な予感がするんです」

「俺もする」

「じゃあ、どうして」

「だから、きてもらうんじゃないか」

わくわくと返され、俺は肩を落とした。絶大な師匠力の前になすすべがない。

帰宅後、三十分も経たず母親がやってきた。早すぎる来訪に訝《いぶか》しむと、たまたま東京《とうきょう》のデパートにお買い物にきてたのよと言う。嘘だ。絶対に都内で待ち伏せしていたのだ。

ひととおり挨拶をすませたあと、野口さんは二日酔いを癒やすため風呂へ行ってしまった。面倒を呼び込むだけ呼び込んで、責任を取らず風呂に逃げるなんてひどい。

「急にごめんなさいね。お詫《わ》びにお夕飯はお母さんが作るわ」

「いいよ。適当にいろいろ買ってきたから」

野口さんが夕飯はもうテイクアウトにしろと言ってくれたのだ。

「駄目よ。野口さん、二日酔いで体調が悪いんでしょう。そんなときにこんな洋風のお惣菜《そうざい》ばっかり。そういうときでも食べやすいものを作ってあげるわ」

母親はそう言うと、さっさと夕飯準備に取りかかった。買い物の中身はデパ地下で買ったのだろう生鮮類で、最初から自分が作ろうと画策していた計画的犯行の匂いがする。一体なにが目的なのか、圧力鍋に放り込まれた丸鶏《まるどり》が自らの運命に重なってしまう。

風呂のあとはもう寝ると言っていた野口さんだが、漂ういい香りに引き寄せられるように台所を覗きにきた。丸鶏の出汁でとろとろに煮込まれた粥《かゆ》を見て目を輝かせる。

「よかったら、少しでも召し上がってくださいな」

「はーい、いただきまーす」

子供のような返事で野口さんはリビングへ向かう。母親の目的もわからないまま、揉め事を楽しむ野口さん同席で夕飯を食べるなんて不安だ。

「おおー、うまそう」

土鍋にたっぷり作られた鶏粥にトッピングにピータン、搾菜《ザーサイ》、梅干し、あさりの佃煮《つくだに》、ちりめん山椒《ざんしょう》、焼鮭《やきざけ》、温泉卵、辛子明太子《めんたいこ》。物足りないときは鰻《うなぎ》に甘辛く炊いた豚肉。

「ああ、うまい。二日酔いのときってこういうのが食べたいんだよなあ」

「喜んでもらえてよかった。どんどんおかわりしてくださいね」

素直な褒め言葉に、母親は息子を見るような目で野口さんを見た。

「カズくん、素敵な先生に師事できて本当によかったわね」

「……そうだね」

確かに野口さんに師事できてよかった。破格の幸運だと思っている。しかし素敵な先生という表現には同意しかねる。野口さんを見ると、にやりとされて悪寒がした。

「お母さん、ぼくのほうから一度遊びにきてくださいと言うべきだったのに、気が回らなくて申しわけありませんでした。こうしてお目にかかれて嬉しいですよ」

母性本能を刺激する無邪気な少年風から一転、野口さんは頼れる大人の男に変身した。

「いえいえ、そんな」

母親が恥ずかしそうに目を伏せる。そんな少女のような顔は初めて見た。うっすらハートが飛び交っていそうな雰囲気に、生まれて初めて父親の危機を感じた。

「お母さん、気になることがあれば、この際ですしなんでも訊いてください」

「ありがとうございます。カズくんのことは野口さんにお任せしていれば安心だとわかりました。でもそうねえ、先日テレビで観たんですけど清居くんは大変でしたわね」

「ああ、あれね」

「カズくんの一番のお友達だから心配になってしまって」

「うんうん、一番の、特別な、お友達ですしねえ」

野口さんが妙に含みのある言い方をする。いよいよ危ない。

「あのとき『愛してる』って叫んだ男の子がいたでしょう?」

「ああ、いましたね」

「清居くんのすごいファンなのね」

「若い俳優に同世代の男性ファンがつくのはいいことですよ」

「ほんとに。カズくんの一番のお友達がこんな人気のある芸能人なんて」

「清居くんはぼくも親しくしてますけど、若いのに気合いの入ったいい男ですよ」

「ええ、カズくんにもとてもいい影響を与えてくれていて」

母親はそこで区切り、そういえば……とややわざとらしくつぶやいた。

「あの叫んでた男の子、カズくんに似てたわねえ」

心臓が大きく揺れた。母親は笑顔でこちらを見ている。なにげない問いに見せかけてはいるが、表情にも声音にも緊張がはらんでいる。ああ、そうか。今日はもしやその確認をしにきたのだろうか。あれはあなたなのかと問われたら、どう対応すればいい。

絶対にシラを切ったほうがいい。自分と清居が恋仲などと、神の采配ミス以外のなにものでもないし、おそらくは遠からず別れがくる。一方で、その考えはやめろと、それではいけないのだとスタンスの変換を清居本人から迫られてもいる。

「本当にカズくんだったりしてね？」

母親が笑顔のまま、探るようにこちらを見る。

じわりと汗がにじんだ。あのとき叫んだ男が自分だとばれても、清居とは友達だけど元々はファンだから——で押し通せばいいだけだ。そう、ファンはみなあんな感じだ。堂々と認めればいい。自分が清居のファンであることは真実なのだから。

「うん、そ——」

そうですと認めかけ、はっと思い直した。あれが自分だと認めるのはいいが、今度会ったとき母親の口から清居にそのことが伝わったらどうしよう。別居中は画像検索も追っかけもイベント参戦も禁止されている。清居の言いつけを破ったとばれたら——破滅だ。

「ちがいます」

一秒で顔面が石のように固まった。

「今、そうだって認めかけなかった?」

「認めてません」

「どうして急に敬語なの?」

「し、し、し、しり、知りません」

久しぶりに吃音が出てしまい、母親が目を見開く。ああ、どうしよう。これはばれたかもしれない。いいや、死んでもシラを切れ。清居にばれたら切腹ものだ。

「カズくん」

滅多にない母親の真顔に緊張感が限界まで高まる。

数秒の対峙《たいじ》のあと、母親はふっと聖母のような笑みを浮かべた。

「よくわかったわ。世の中には似てる人が三人いるって本当なのね」

「え?」

「とっても似てて驚いたわ」

「母さん?」

「さあ、もういいから食べなさい」

にこにこと粥をよそわれる。ああ、なんとかごまかせたようだ。

「ばれたじゃん」

野口さんがぼそっとなにかつぶやいたが、よく聞こえなかった。まあ秘密を守りきれた今は野口さんのことはどうでもいい。搾菜と干しエビと炒り卵とネギをトッピングし、無事危機を乗り切った安堵の思いで粥をすすりながら、しかしうちの母親はちょっとのんきすぎると思った。普通なら今のは絶対にばれているところだ。

「カズくんは清居くんのおうちにお邪魔したことあるの？」

「あるわけないだろう。禁中だよ」

「キンチュウ？」

「王族の住まい。清居のお父さんやお母さんや弟さんや妹さんがいるんだから」

「ふうん、そういう家族構成なのね」

「前にお父さんからハワイのお土産にチョコレートを下賜されたよ。家宝にしようと思ってたのに清居が封を開けてしまったから、残り十九粒は密封して保存してる」

「まあ、お土産をいただいたの？　でもそうねえ、一生のおつきあいになるかもしれないんだから、うちからもお礼にお歳暮とか送ったほうがいいのかしら」

「オセーボ？」

「周りも心の準備というものが必要でしょう？　だから正式なあれやこれやは先のことになる

としても、ご挨拶だけはしておいたほうがいいと思うのよ」

「謁見を賜りたいってこと？」

「お義父《とう》さまやお義母《かあ》さまのお好みとか、カズくん知ってる？」

「訊くのも畏れ多いよ」

「駄目よ。少なくともお姑《しゅうとめ》さんの好みは知っておいたほうがいいわ。お母さんの場合はお姑さん…カズくんのお祖母《ばあ》ちゃまがとてもいい方だったから、そういう問題はなかったけど」

「うん、俺もお祖母ちゃんとお祖父《じい》ちゃんは大好きだったよ」

「でも趣味の高い方たちだったから、いろいろと苦労したの。お中元やお歳暮もおかしなものは送れないし。だからカズくんも今からさりげなく探っておきなさいね」

「清居のお父さんとお母さんなら素晴らしい人に決まってるよ。だって清居奏という奇跡をこの世に生み出して、生まれながらの王者の資質を損なわず大きく育て上げたんだから」

「そうね。じゃあお歳暮のことは帰ってお父さんと相談するわ」

「うん、そうして」

会話が一段落し、ふと視線を動かすと、野口さんが粥の茶碗を手に固まっていた。どうしたんですかと声をかけると、なんでもない……とぼそぼそと粥を食べはじめた。そのあとデザートの杏仁豆腐《あんにんどうふ》を食べ、気がすんだらしい母親は辞去を告げた。

「野口さん、年齢のわりに至らないところの多い子ですけれど、どうかよろしくお願いいたします、駄目なところがあればビシビシ叱ってやってください」

「こちらこそ、今後もよろしくお願いします」

玄関で何度も野口さんに頭を下げ、母親は帰っていった。

「……つかれた」

玄関が閉まった途端、野口さんはぐたっと肩を落とした。

「すみません。せっかく仕事が早く終わったのに気を遣わせて」

「気は遣ってない。というか、もっと引っかき回してやろうと思ってたのに」

「思ってたのに?」

「あんだけズレた会話してて、なんで最後だけぴたっとそろって着地できるんだ」

「どういうことでしょう」

「わからないところがさすが親子というか、血は争えないというか、華麗なる平良一族というか。そんな中に入って清居くんはやっていけるのか。ああ見えて常識人だぞ」

話しながら、野口さんが振り返った。

「清居くんのこと、せいぜい大事に守ってやれよ」

妙な発言に眉が寄ってしまった。

「それはどういうことでしょう」

「ああ?」

「清居を大事に守るなんて、しかもせいぜいとか、どうしたら俺にそんなことができると思うんです。不遜すぎて、今、野口さんにゼウスの雷が落ちてもおかしくないところでしたよ」

「ゼウス？」

「清居は俺なんかが守れるような、そんな存在じゃないんです。遥かなアンドロメダ銀河のさらなる果てに輝く金色の惑星に住まうキングなんです。俺は着陸さえできません」

「……あのな」

野口さんは困惑気味になにかを言いかけ、しかし思い直したように腕組みをした。

「じゃあおまえは、清居くんに一体なにをしてやってんだ」

「まず『してやってる』ことはひとつもありません。清居に関わることはすべて『させていただいている』ので、そもそものスタンスがちがうんです。あ、ちなみに俺は家電のスタンスで生きています。これは対清居のみでなく、野口さんに対しても同じです」

「家電のスタンス？」

「身近すぎて気づかなかったんですが、家電というのは本当にすごいんです」

俺は清居に話したことと同じ内容を野口さんに伝えた。

「というわけで、俺は命尽きるまで置かれた場所で静かに己の使命をまっとうしようと思っています。用水路を流れるアヒル隊長にも通じる無常感、滅私の精神こそが金色の王国のキングである清居や、隣国の皇帝である野口さんに対して自分ができる精一杯の――」

「いやいや、俺、愛媛《えひめ》出身の庶民だし、実家は今治《いまばり》タオル作ってる工場だから」

「今治タオルはタオルの王さまです」

「そういう話じゃなくて、いや、もういい」

野口さんは溜息をついて顔を背けた。

「とりあえず、おまえと愛を貫こうとしてる清居くんがすごい男だってのはわかった」

「そうなんです。すごいというか、偉大というか、キングの器というか」

「ついでにおまえを弟子にした俺の偉大さも讃《たた》えとけよ」

「いつも最大限に讃えてます」

「アヒルとダブル師匠なのにか？」

「これ以上ない最高の地位です」

「……あっ、そう」

会話が一段落し、「ああ、無駄に疲れた」と野口さんは首を回しながら寝室に引き上げ、俺も自室に戻って個展用のデータチェックに励んだ。その中の幾枚かに、やはり仄《ほの》かに浮かぶ小さな光を見つける。あきらかに、その空間にはない光。

あふれる思慕が敬愛するキングへと放たれたのか。もしくは夜空の星に恋をした男を哀れに思った釈迦《しゃか》の慈悲の糸か。だとしたら縋《すが》ってはいけない。縋った瞬間、糸は切れる。糸は垂らされたこと自体に意味があり、這《は》い上がるのは己の力でなければならない。

神は自ら助くるものを助く――。

西洋東洋に関係なく、超越者の言葉には通じるものがある。自分にできるのは滅私の精神で仕えるだけである。進むべき道に間違いがないことを再確認し、今夜は早めに就寝。

◆Feb. 15. Sou Kiyoi

キュルルルとスタジオ内に奇妙な音が鳴り響き、収録が中断された。

「清居くん、大丈夫？　なんか食べたほうがいいんじゃない？」

今をときめく若手実力派俳優の尾花沢《おばなざわ》さんが心配そうに覗き込んでくる。

「腹の虫が激おこじゃねえか。おーい誰か、唐揚げと生クリーム至急持ってこい」

おかしそうに声を張るのは、名バイプレーヤーとしてひっぱりだこの車折さんだ。

日曜朝の番組【わたしたちの時代】の収録中、三人でのトーク番組の途中で俺の腹がすごい音を立てたのだ。菅さんが飛んできて、これ飲んでとガス入りの水を渡された。とりあえず胃をふくらませて空腹音を阻止し、その後、滞りなく収録は終わった。

「で、奏ちゃん、何キロ減ったの？」

帰りがけ、車折さんから声をかけられた。上田さんの舞台は好評でグランドフィナーレを迎え、それ以降もなにかと上田組の集まりに声をかけられるようになった。上田組のメンツに入れてもらえるのはありがたいが、車折さんから奏ちゃんなどと呼ばれるのはあんまり嬉しくない。俳優人生での師匠と決めた上田さんですら、俺を清居くんと呼ぶ。

「十七キロです」

「お、あと三キロじゃん」

「この分なら次のドラマのクランクインまで楽勝ですよ」

「へえ、がんばってんだな。あ、旨い焼肉屋があるんだけど行かない？」

「行くわけねえだろ」

「お、おまえ、大先輩にそういう口の利き方する？」

「笑えない冗談には適切に対処します。舐められるの嫌いなんで」

「奏ちゃんはほんと見た目通りきついし、見た目に反して根が真面目だよな。笑えない冗談でも笑って受け流せよ。パワハラだなんだと眠たいことは言うな。芸能界は不条理な昭和の世界だ。そんなとこでのし上がろうってんなら鈍感さと器のでかさも必要だぞ？」

「車折さん、今、令和だって知ってます？　平成ですらないですよ？」

「知っとるわい」

「ならさっさと認識と価値観をアップデートしてください」

ふんと鼻で笑うと、車折さんは複雑な表情で黙り込んだ。さすがに言いすぎたか。

「そのナチュラルな王様っぷり、大学時代の上田を思い出す」

演出家であり、戯曲家であり、現役の役者でもある上田秀樹《ひでき》。一言でいうなら天才。神経質で、嫌みっぽく、自分だけ時間が早送りされていると思っているので一秒でも時間を無駄にするのを嫌い、自分の時間を無駄にさせる人間を嫌い、食事も味や温度より提供の早さをなにより重んじる。その一方、自分が認めた人間には面倒見がいい。

「つうか上田のやつ、また鬱期に入ってんだよ。ほんと参るわ」

車折さんが大きな溜息をつく。

「詰まってるんですか？」

「新作の脚本がな。鬱の進行度合いによって日常生活が破壊されていく。普段から疎《おろそ》かにしている飯にまったく興味を示さなくなる。他人の気配が我慢ならなくなるからハウスキーパーを断って家の中がゴミ溜めと化す。身なりに構わなくなる。風呂もめんどくさがって入らないから臭くなる。普段から足りない他人への思いやりがゼロになって呼吸するナイフと化す。なにを言っても怒る。世界の破滅を願うようになる。神と対話するようになる」

「平良かよ」

「うん？」

「いえ、なんでも」

「昨日はマンションに飯を届けに行ったら、リビングの床に胎児みたいに丸まって、『この世に神の救いも裁きもない』とぶつぶつつぶやいてた。さわるのが嫌だったから足でちょいと押して転がしてこの世に戻してやったが、本当にあいつとつきあうのが嫌になった」

「どちゃくそわかります」

「わかってたまるか。俺は大学時代から二十年以上あいつの世話をしてるんだ。どうして俺がこんなことをと怒り、なんとかまともになってほしいと願い、しかしまともになった上田になにが残るのか考えるとただの変人が残るわけで、まともになれとはどうしても言えず」

ものすごい既視感と危機感を覚えた。

「それで、どうしたんですか」

「どうもできず今に至る」

いやいやいやいやいや、と反射的に首を振った。

「諦めるのは早いですよ。今からでもまともな人間になれるよう躾《しつ》けて——」

「そんで俺が上田秀樹という天才を潰すのか？」

呼吸が止まった。答えは問うまでもなく否だ。上田さんを普通の男にすることは、上田さんが作る舞台を、物語を、世界から奪うことだ。優れた芸術家が持つそれは神が与えた奇跡であり、潰すことは人類の損失であり、芸術を愛する者ならその罪深さがわかるだろう。

「車折さんの忍耐は、死後、天で評価されると思います」

「嬉しくねえよ。生きてるうちに評価されたいし金も名誉もほしい」

「車折さんはもう充分に評価されてますよ」

「満足したらそこで終わりだ」

「確かに」

お互い腕組みで、大きくうなずき合った。

「上田もなあ。俺はあいつに関しては充分すぎるほど悩んできた。それでも解決せずに今に至ってるんだ。俺はあいつの才能を潰せないし、あの変人ぶりのすべてを受け入れることもできない。だからせいぜい周りに愚痴を垂れて、たまにあいつにも痛い目を見せて鬱憤を晴らしながら、あいつと俺の才能の差について生涯悩んでいく。そういう運命なんだよ」

「距離を取る、という選択もあるのでは？」

「それも何度も考えたけどな」

できなかったのか。しかしそんな思いをしているのに、マンションに飯を届けに行くレベルの世話を焼く車折さんもすごい。自分と平良に置き換えると、はなはだ不本意だが平良は俺の男である。だから理不尽な思いをしつつ渋々つきあっているのだ。平良がただの友人ならとっくに逃げ出している。というか最初から友人になどならない。

――あ？

――てことは、つまりふたりは？

いや、上田さんは若いころフランスの女優と国際結婚をしたはずだ。長続きせずに数年で離婚したが。車折さんは結婚歴はないが、女優との熱愛報道は引きも切らないモテおじ。ふたりが怪しいなんてゴシップレベルでも一切聞いたことがないが――。

「じゃ、おつかれ」

スタジオを出ていく車折さんの背中を見送りながら、今のは気づかなかったことにしようと決めた。人の恋愛事情に興味がないというのもあるが、それよりも上田さんと車折さんの関係を突き詰めると、将来的に自分の首を絞めそうな予感がする。

——あいつと俺の才能の差について生涯悩んでいく。そういう運命なんだよ。

常に自分を凌駕《りょうが》する、自分のすぐ隣にいる恋人という名の天才。愛があれば乗り越えられるなんて正論などゴミカスな、表現を生業《なりわい》とする者同士にしかわからない問答無用の敗北感。それと生涯向き合うきつさに、俺はいつか耐えられなくなるのではないか。

いやいや、平良が上田さんクラスの天才だと決まったわけじゃない。というか現時点でのあいつはただの大学生で、ただ野口さんに見初められているというだけだ。野口さん自身は天才級のカメラマンだが、弘法《こうぼう》にも筆の誤りという。そうだ。その可能性もある。

「清居くん、ご飯、ご飯が届いたよー」

楽屋で帰り支度をしていると、社長がライザップンの紙袋を手に駆け込んできた。菅さんが立ち上がり、手早く紙袋から銀色の小袋を取り出し、さらさらと粉状のものをグラスに入れて豆乳でといていく。できあがったのは一日で摂取するべき栄養素とプロテインの入った低カロリードリンクだ。平常時なら金をもらっても飲みたくないほどまずい。

「どう？　少しは空腹が紛れた？」

クソマズなドリンクを一気飲みした俺に菅さんが訊いてくる。

「はい、もう大丈夫です」

その直後、キュルルルルと腹がすごい音を立てた。

「…………清居くん」

社長が悲愴《ひそう》な顔で俺を見る。

「ね、ご飯食べよ？　少しなら大丈夫だよ」

菅さんが泣きそうな顔で楽屋弁当を差し出してくる。

「いえ、俺は大丈夫です」

サングラスとマスクを装着し、おつかれさまですと静かに楽屋を出た。今日はもう仕事は終わりだ。普段なら早上がりは嬉しいが、今はつらい。仕事中のほうが空腹を感じずにすむからだ。まず体重を減らすことを優先して極限までカロリーを絞っているので、体力も筋力も落ちている。おかげでジムで鍛えることも今は止められている。

友人と遊んで気を紛らわそうにも、飯や酒が絡んでくるのは余計につらい。ダイエット中は真っ直《ま》ぐ《す》家に帰り、さっさと寝るのが一番だ。しかし腹が減って眠れない。

増量中あれほど求めてやまなかった飢餓感だったのに現金なものだ。ギュルギュルと鳴る腹の音を聞いていると意識が冴《さ》えてきて、いつもはホタルのような淡い小さな光が強くはっきりと見えてくる。不規則な動きをする光を目で追ううち、……………あ……。

やば。今、一瞬フランダースの犬っぽくなりかけた。あれは天使だったが、なぜ俺は霊なんかにシンクロしているのだ。絶対に沖縄廃病院、ひいては平良のせいだ。あいつは一体どういう思考を辿《たど》って、あんなところで撮影なんかしようと思ったのだ。意味がわからん。きもすぎる。朦朧《もうろう》と八つ当たりをする中、車折さんの言葉が脳裏をよぎる。

――あいつと俺の才能の差について生涯悩んでいく。そういう運命なんだよ。

嫌だ。俺はそんな運命はごめんだ。平良に勝ちたいのではない。しかし負けたくはない。いつでも対等に向き合っていきたい。しかし今のところ分が悪い。

物事というのは不思議なもので、それに打ち込むほどに、努力するほどに、真剣に向かい合うほどに、己の足りなさが見えてくる。適当にそれなりにやっているときはあった自信が崩れていく。他人の才を正しく評価できるようになり、似たような立ち位置にいると思っていた相手が、実は自分よりもずっと高い位置にいることを思い知らされる。

そういうフラットな目で見た清居奏という人間は、凡人、だった。

平良のような奇矯《ききょう》と紙一重の非凡さはなく、一歩ずつ這いずっていくしかない。

腹と背中がくっつきそうでも俺はやり遂げる。早急にベスト体重へ戻し、その日のために選び抜いたコーディネイトで再会し、惚れ直させ、いちゃいちゃし、もちろん別居解消し、身も心も充実した状態でドラマの撮影に入り、春ドラ視聴率トップを獲《と》るべく邁進《まいしん》する。

――お、そうだ。服買いに行こ。すんげえ恰好いいの。

帰宅コースを変更して、気に入りのショップへと向かった。あれやこれや試着し、ようやく再会のための完璧なワンセットをそろえるとテンションが上がった。

その夜はゆっくりと風呂に入った。ダイエットで栄養が行き届かないせいで、全体的に見た目のコンディションが悪い。髪にも肌にも潤いがない。顔色もくすんでいる。いくら服を決めても、これではダメだ。久しぶりに会って、

――あれ、こんなんだっけ？

などと思われてたまるか。こうなったらもうメンズ・エステに行くしかないか。芸能人なら普通だが、なんとなく気恥ずかしくて気が進まなかった。しかし背に腹は代えられない。俺は恋も仕事も手は抜かない。やれることはすべてやる。見てろ、平良め。

◆

追記

ひとつ前の日記を書いた三日後、都内のスタジオで偶然に平良と会ってしまった。エステにも行けてないし、体重も戻せてないし、服もいいかげんで計画は台無しになった。

腹立たしすぎるが、よくよく考えると平良を相手に計画がうまくいったことは一度たりともなかった。それでもいつも結果オーライになる。それが余計にムカつくのだ。

けれど平良と生きるということは、『そういうこと』なのだろう。
俺もそろそろあきらめなくてはいけないのかもしれない。
すごく、かなり、この上なく不本意だが。
愛とはそもそも不本意なものなのだ。

社長日記

清居奏《きよいそう》くんは大層プライドが高く、冷たく、偉そうである。

最初に雑誌のボーイズコンテストで彼を見初めたのは菅《すが》くんだ。素人とは思えないほど整った顔をしていて、美しさという点ではすでに彼は完成されていた。ぼくはいつもスターの卵を見るとき、その子の十年後、二十年後を想像する。清居くんの場合は、その当時が一番美しいと思った。つまり伸び代という可能性を感じなかったのだ。

けれど菅くんがあまりに推すものだから、根負けしてあずかることにした。だいたいが菅くんは美形に弱く、清居くんの担当はぼくがすると言ってきかなかった。菅くんは優秀なマネージャーなので、正直、ついてほしいタレントは他にいたのだけど。

正式な契約の前に菅くんを交えて三人で初めて食事をしたとき、とんでもなく美しい顔をチャラにするほど生意気な彼に、ぼくは呆然《ほうぜん》とし、次に俄然《がぜん》おもしろみを感じた。

最近の若い子はみな礼儀正しく、将来の抱負を訊いても、地道に一歩一歩進んでいきたいとか、誠実に向き合っていきたいという優等生的コメントが多い。それに比例して小粒、というのがぼくの所感だ。良くも悪くも身の程を知りすぎている気がするのだ。

清居くんは黙って立っているときは人形のような子だとしか感じなかったけれど、素で向かった途端、目つきの鋭さや無礼なほどの冷笑癖や、ときに不快感すら伴う自己中心的な発言がその美しさを台無しにしていて、その『マイナス面』がおもしろいと思った。

隣では菅くんが『社長、どうです？』と鼻高々になっている。菅くんはこの駄目な清居くんを見せたかったのだ。なるほどなるほど。これは育ててみたいと思うよね。

同時に、これは育て方が難しいと思った。最上と最低が同居している。そのどちらも損なわずに大きく育て上げる。でないと彼の魅力は失われる。ただの綺麗なだけのお人形さんか、ただの傲慢な無礼者か。内向けには礼節に厳しく、外向けにはSNS全盛で好感度がなにより重視される芸能界で、この美しく生意気な彼をどうやって花開かせるか。清居奏はこちら側の腕を試してくるという意味で、安奈《あんな》以来の逸材だった。ぼくと菅くんは多いに悩んだ。

彼は常に自分の意見を持っている。八割は若者らしい傲慢で視野のせまい大言壮語。ぼくと菅くんはそういう彼をねじ曲げないよう、ベターな方向に導くよう苦心したが、そのうちに彼は大言壮語を実現するための努力を惜しまない子だとわかってきた。

それを知るのに時間がかかったのは、ぼくたちが無能だったせいじゃない。彼は人の何倍も努力するけれど、それを誇示する子ではなかった。陰で大量の汗をかいて、ぼくたちは彼が拭き残した努力という名の汗がわずかにシャツを濡らしているのを見て、ようやっとそれに気づいたのだ。まさか役柄のために二十キロ太るとひとりで決めていたなんて！

彼は今、二十キロ増えた体重を十七キロまで落としている。

「少しは空腹が紛れた？」

撮影のあと、まずいダイエットドリンクを一気飲みした清居くんに菅くんが問う。

「はい、もう大丈夫です」

晴れやかな返事の直後、クー……と清居くんの腹が情けない音を立てた。

少しくらい食べても大丈夫だよ。清居くんは若いんだから、残り三キロの脂肪くらい喩えて言うなら満開の桜から二、三輪落花したくらいのことだ。だから清居くん、健康を損なわない程度に食べて――ぼくと菅くんの無言の願いに、清居くんはふっと笑みを浮かべた。

「おつかれさまです」

清居くんは颯爽《さっそう》と帰っていった。ストイックすぎる後ろ姿を見送りながら、ぼくはある種の畏れに支配されていた。清居くんの長所と短所を損なうことなく大きく育て上げるのは大仕事だと、こちらの腕の見せ所だと自負していたけれど――。

「……清居くんのマネージャー、ぼくなんかで務まるんでしょうか」

菅くんが途方に暮れたようにつぶやいた。

「きみで駄目だったら、他の誰にも務まらないよ」

「でも、ぼくは一度大コケしてます。がんばってることを口にしない子だからこそ、マネージャーのぼくが気づいて、先回りしてフォローしなくちゃいけなかったのに、清居くんが打ち明けてくれるまで、ぼくは体重増加の理由を見抜けませんでした。平良くんと別れたせいだなんて見当違いの誤解をして、なんの助けもできなかった。今だって馬鹿みたいにドリンクを作って渡すくらいで、ぼく、なんのためのマネージャーなんでしょう」

「菅くん、焦らないで」

「焦りますよ。あんな天才のフォロー役、ぼくは自信がありません。才能はあると思ってました。でもこういう形だとは思わなかった。保証のない努力を全力で長期間続けられるって間違いなく天才でしょう。こんな見た目と正反対すぎる才能をどう扱ったら——」

「そこがわかってるなんて、さすが菅くんだ！」

「え？」

「清居くんの不幸は、まさしくその内と外の噛みあわなさだ。華やかすぎる容姿が、彼の持ってる才能の邪魔をする。奥歯がすり減るような努力をして実力をつけても、あの綺麗な顔の陰に隠れて、おそらくなかなか正当な評価をもらえないだろうね。だいたい上田さんの舞台のときだって、ぼくはもっと評価されてもいいと思ってたんだ」

今の清居くんのイメージはやたら綺麗な、ちょっと才能のある生意気な若手だろう。けれど十年後、二十年後、彼の容姿が衰えてきたときこそ、彼の実力が正当に認められるときかもしれないとぼくは思っている。それは果てしなくしんどい道のりだろう。

「清居くんは、これから何度も理不尽な思いを味わうよ。もう役者を辞めたいと思うときがくるかもしれない。そのとき清居くんを支えるのがぼくたちの役目なんじゃない？」

「……社長」

「今、清居くんは自分で目標を持って、そこに向かって走ってる。そんなときぼくらは黙って見守るだけでいい。でも坂道で息切れするときが必ずくるから、そのときは全力でフォローする。今なにもできないって自分を責めるより、そのときのためになにができるか考えよう。少々清居くんがぐらついても大丈夫なくらい地固めをしっかりしていこう」

菅くんは真一文字に口を結び、しっかりとうなずいた。

「ぼくたち、責任重大ですね」

「うん。でも一流は一流を見抜くよ。上田さんも車折さんも清居くんをかわいがってる」

「それは本当に心強いです。平良くんっていう最強の彼氏もついてるし」

「うーん、あっちはあっちで大変そうだけどね」

「なにかあるんですか？」

「野口くんの入れ込み方見てると、平良くんも天からギフトをもらった子なんだと思う」

「あー……、天才と天才の恋人同士って難しそうですね」

「うまくいってくれるといいけど、たいがいは駄目になるよ」

ぼくはそういうカップルをいくつも見てきた。

「恋愛が長続きするコツってお互いに尊重して譲り合うことだけど、仕事が人生の大部分を占めてる人間同士だと難しいよ。譲り合える程度なら、それまでの才能ってことだし」

「シビアですね。でも女優の結婚が難しいのはまさしくそこですね。才能がある男ほど妻に対して支え役を要求するもんですし。ぼくは佐藤《さとう》マリエが結婚して仕事控えて家事や子育てに専念するって発表したときは絶望しましたよ」

「今は何時代だって訊きたくなるよね。まあ平良くんと清居くんのとこはそのパターンじゃないけど、ひとつ屋根の下に天才がふたりいるってのはきついし、もし駄目になったとき清居くんを支えるのはぼくたちだ。調子のいいときは稼がせてもらうんだから、調子が悪くなったときに支えるのは当然だし、その心構えがないやつはぼくの事務所にはいらない」

「もちろんです。ぼくは全力で清居くんを支えます」

菅くんが表情を引き締め、お互いにうなずいた。菅くんはぼくの腹心だ。

局を出たあと、菅くんは清居くんが出演する春ドラのプロデューサーと会食、ぼくは某芸能ライターの接待へ。清居くんの体重増加の件でも世話になったし、ここと密に連絡を取っておくとゴシップで慌てなくてすむ。たまに横紙破りな案件もあるが、じゃあ次はそっちが泣いてね、という駆け引きの材料にするしかない。

「山形《やまがた》さん、ピッチ速いね。なにかいいことあった？」

こじゃれた料理屋で乾杯のあと、しばらくしてライターに問われた。

「ないない。毎日面倒なことばっかり」

「なにをおっしゃる。安奈と清居くんが絶好調じゃないか」

「まあねえ。うちの子たちはみんなすごくがんばってくれてるよ」

「清居くんスカウトしたきっかけって、『Ｍａｙ』主催のボーイズコンテストだったよね？」

「そう。グランプリは逃したけど菅くんが熱心でさ」

「大正解。あのときグランプリ獲った大学生なんて鳴かず飛ばずだもん。生き残ってるの清居くんだけだし、しかも尾花沢俊《しゅん》に続く実力派としてブレイクしてるんだから」

「それもこれも、みなさんのお力添えがあってこそです」

　頭を下げ、ぼくはお酌に励んだ。好調なときほど敵を作らないよう謙虚に振る舞うほうがいい。日々精進している清居くんの足を、つまらないことで引っ張られてはかなわない。

　たった数ヶ月の間に二十キロ増量し、舞台を成功させ、きっちり評価をもぎ取り、ドラマの撮影に間に合うようまた二十キロ減量している。ぼくはもう彼が放つ言葉を傲慢だとも大言壮語だとも思わない。彼は一度口にしたことはやり遂げる。誰の目にも触れないところでおびただしい汗を滴らせ、しんどさに喘《あえ》ぎ、それでも彼は泣き言すら洩らさない。

　そんな素晴らしい俳優を見いだした誇らしさと喜び。

　一方で、同じ重さでつきまとう緊張感と胃痛。実際、ぼくはこの仕事についてから胃薬を手放せない。ぼくたちは、才能という目に見えないものを扱っているのだ。

　現時点での売れる・売れないという秤《はかり》でのみ判断できれば簡単だけれど、そこにはやはりすぐには数字にならない可能性がひそんでいる。それをどれだけ正確に読み取れるか、未来への先行投資という勝負に出られるか、その判断が重要だとぼくは思っている。

ぼくたちが商っている才能は、あくまで俳優という他人のものなのだ。他人のふんどしで稼ぐばかりで可能性に投資もできず、駄目なときのフォローもしないとなれば、それはもう『仕事』ではなく『寄生』である。もちろん勝負に出て負けたこともあるし、結果を出せなかったことのほうが多い。けれどそれは必要な失敗なのだ。それを綺麗事だと嗤う人間は、結局どんな大勝負にも挑めず、つまりは勝つことができないのである。

そう気をつけていても、逃がしたことすらわからず埋もれさせてしまった才能も腐るほどあるのだろう。才能を商うプロとしては痛恨であり恥である。

「ぼくらの仕事は虚業だけど、それでも全部が幻じゃないんだ」

しみじみつぶやくと、ライターの目がきらりと輝いた。

「ねえ、やっぱりなにかあったんだろ?」

「なにもないって」

「じゃあなんでそんなしんみりしちゃってんの。もしかして安奈ちゃんと桐谷《きりや》くんの結婚がついに決まったとか? それとも清居くんの熱愛発覚?」

ライターの目が餌を見つけた獣のように光る。ぼくはないないと手を振った。

「結婚も熱愛もまだ先。ふたりともうちの稼ぎ頭なんだから」

「この守銭奴。金のためなら婚期も遅らせるつもり?」

「当たり前でしょ。おかげでぼくたちこーんなおいしいお酒が飲めるんだから」

「悪い社長だねえ。いつもご相伴にあずかりありがとうございます」

「いえいえ、こちらこそ。さあ、ぱあっと飲もう」

笑顔でライターのグラスにシャンパンをそそいだ。底から美しい金色の泡が立ち上り、弾《はじ》けて消える儚《はかな》いそれが、浮世に夢を見せるぼくたちの仕事に重なって見えた。

実体のない、けれど確かにそこに在る煌めき。それがスターだとするならば、ぼくは魑魅魍《ちみもう》魎《りょう》がうごめく芸能界で、その光を守る守護者であろう。まあちょっと、いやかなり金儲《かねもう》けもするけれど、それはまたスターを守るための必要経費でもあるので許してほしい。

というわけでスターのみなさま、本日もおつかれさまでした。

明日も明後日もその先も、その光で浮世を明るく照らせますように。

あとがき

相変わらず、気持ち悪い攻めが好きです。

なんだかもう「こんにちは」とか「お元気ですか」的挨拶文になってしまった感がありますが、最初のお話である『美しい彼』をお届けしたときは、まさか続刊を出してもらえるとは思っていませんでした。そして続々刊、さらにドラマCD、さらにさらに番外編集……。

「みんな、きもい攻めが好きだったんですね！」

とはいえ平良はあくまで月で、太陽である清居がいるから輝けるきもうざなのでしょう。清居はひとりで充分輝ける太陽なのに、なぜか言語道断なきもうざに惹かれ、さらに振り回されるという不思議。愛って一筋縄ではいかないものですね。合掌。

今回の番外編集はふたりの出会いから今までのすれ違い実例集、いや、愛の歴史集となりました。わたしは掌編が苦手で積極的に断っていくスタイルなのですが、その割りに結構書いてたんだなあという感じです。まあそれでも一冊には足りなくて、『あるふたつの視点から探る、愛と青春の逆走について』という書き下ろしを加えました。

こちらは『悩ましい彼』でふたりが別居しているときのお話で、この先に出るだろう本編シリーズ4巻目にからめてオカルトネタを織り交ぜてみました。一緒にいようと離れていようと、変わらず平良に振り回されている清居が不憫《ふびん》でかわいい……。その中でも小山くんと清居のあるガールズトークじみた邂逅は書いていてとても楽しかったです。『美しい彼』登場時から、わたしの中では小山くんは健気キャラではなく、まあまあ腹黒かったりあざとかったり、そういうところが人間くさくて憎めない子だったのですが、本編ではそのあたりを書ける余地がなくて、今回ようやくがっつり書けてよかったです。

最後に読者さまへ。気持ち悪い攻めが書きたい！　という作者の趣味に忠実すぎる物語を楽しんでくれて、応援してくれて、長いシリーズにしてくれてありがとうございます。のろのろでも少しずつ平良と清居の物語を紡いでいこうと思っているので、これからもふたりを見守ってやってください。わたしも精進いたします。

それでは、また新しい物語で出会えますように。

二〇二一年　八月　凪良《なぎら》ゆう

初出一覧

素晴らしき世界……………………ドラマCD「美しい彼」ブックレット（2019年）

裏・月齢14…………………………………バースデーフェア小冊子（2019年）

Cacao 99.9 …………………………………バースデーフェア小冊子（2016年）

キングのお料理……………………ドラマCD「美しい彼」店舗特典（2019年）

CRAZY FOR YOU………… 文庫「美しい彼」店舗限定ペーパー（2014年）

幻想の彼…………………………………………BLアワード限定冊子（2017年）

KISS ME ……………………書籍「キャラ文庫アンソロジーII 翡翠」（2018年）

熱烈な告白のようなもの……文庫「憎らしい彼」店舗限定ペーパー（2016）

安息はどこにある………………………文庫「憎らしい彼」電子特典（2016）

日々是災難…………作家生活10周年記念全員サービスリーフレット（2018年）

50/50…………………………………………バースデーフェア小冊子（2017年）

彼と彼のよくある出来事 …………………バースデーフェア小冊子（2018年）

エターナル…………………………………全員サービス小冊子（2019年）

あるふたつの視点から探る、愛と青春の逆走について……書き下ろし

社長日記 ………………………………………………………書き下ろし

この本を読んでのご意見、ご感想を編集部までお寄せください。

《あて先》〒141-8202 東京都品川区上大崎3-1-1
徳間書店 キャラ編集部気付
「interlude 美しい彼番外編集」係

interlude 美しい彼番外編集

【キャラ文庫】

2021年9月30日 初刷
2024年10月20日 20刷

著者 凪良ゆう
発行者 松下俊也
発行所 株式会社徳間書店
〒141-8202 東京都品川区上大崎3-1-1
電話 049-293-5521（販売部）
03-5403-4348（編集部）
振替 00140-0-44392

印刷・製本 TOPPANクロレ株式会社
カバー・口絵 近代美術株式会社
デザイン モンマ蚕（ムシカゴグラフィクス）

ISBN978-4-19-901041-5

凪良ゆうの本

美しい彼
Yuu Nagira Presents
凪良ゆう
イラスト◆葛西リカコ
君が踏んだ、泥だらけの水にさえ
俺はキスすることができるよ。
キャラ文庫

好評発売中

【美しい彼】

イラスト✦葛西リカコ

「キモがられても、ウザがられても、死ぬほど君が好きだ」無口で友達もいない、クラス最底辺の高校生・平良《ひら》。そんな彼が一目で恋に堕ちたのは、人気者の清居《きよい》だ。誰ともつるまず平等に冷酷で、クラスの頂点に君臨する王《キング》――。自分の気配に気づいてくれればいいと、昼食の調達に使いっ走りと清居に忠誠を尽くす平良だけど!? 絶対君主への信仰が、欲望に堕ちる時――スクールカーストLOVE!!

凪良ゆうの本

憎らしい彼
Yuu Nagira Presents
凪良ゆう
イラスト◆葛西リカコ
俺を神のように崇め奉ってるくせに
なんで俺の気持ちを知ろうとしないんだ!?
キャラ文庫

好評発売中

「憎らしい彼 美しい彼2」

イラスト✦葛西リカコ

目深な帽子に怪しいサングラスとマスク。付いた仇名は『不審くん』。新進俳優の清居《きよい》の熱心なファン――その正体は、同棲中の恋人・平良《ひら》だ。気持ち悪いほど愛を捧げてくるくせに、「俺は清居を引き下げる愚は犯さない」と、甘えたくても察してくれない。どうしてこんなヤツ好きになったんだ…？　そんな時、業界屈指のカメラマンが平良を助手に大抜擢!!　清居より仕事優先の日々が始まってしまい!?

キャラ文庫最新刊

interlude　美しい彼番外編集

凪良ゆう
イラスト✦葛西リカコ

これまでの掌編が一冊になった、ファン待望の番外編集♡　さらに「悩ましい彼」の舞台裏を二人の視点で交互に綴った新作も収録!!

契約は悪魔の純愛

火崎 勇
イラスト✦高城リョウ

両親が事故死し、天涯孤独となった律《りつ》。犯人を捜す決意をした矢先、「悪魔の私と契約すれば願いを叶えてやる」と言う謎の男が現れ!?

王室護衛官に欠かせない接待

水壬楓子
イラスト✦みずかねりょう

帝国から独立した王国で、王室護衛官に任命されたトリスタン。期待と不安を抱えていたある日、同盟国から目的不明の使者が訪れ!?

10月新刊のお知らせ

楠田雅紀　イラスト✦麻々原絵里依　[ぼくたちの正義(仮)]
遠野春日　イラスト✦笠井あゆみ　[夜間飛行2(仮)]
吉原理恵子　イラスト✦円陣闇丸　[二重螺旋14(仮)]

10/27(水)発売予定